ANTONINE MAILLET

Née à Bouctouche au Nouveau-Brunswick, en 1929, Antonine Maillet est devenue rapidement un auteur prolifique. Après des études dans son Acadie natale, elle obtient une licence en lettres de l'Université de Montréal, une maîtrise ès arts de l'Université Saint-Joseph de Memramcook et un doctorat en lettres de l'Université Laval, où elle enseigne pendant quelque temps. Elle choisit par la suite de se consacrer entièrement à l'écriture. On lui doit à ce jour une trentaine d'œuvres, dont plusieurs ont été hautement acclamées par la critique et qui ont rejoint de très larges publics. Boursière du Conseil des Arts du Canada, à quelques reprises, et du ministère de la Culture du Québec, elle a obtenu plusieurs prix et distinctions, dont le prestigieux Prix Goncourt en 1979, pour son roman *Pélagie-la-Charrette*.

MARIAAGÉLAS

Quatrième roman d'Antonine Maillet, *Mariaagélas* (1973) a mérité à son auteur le Grand Prix littéraire de la Ville de Montréal, le Prix France-Canada et le Prix des Volcans. L'histoire, qui s'échelonne sur un peu plus d'un an, se déroule dans un petit village de pêcheurs acadien pendant la prohibition. Mariaagélas, l'héroïne, refuse le travail en usine, auquel s'astreignent tant d'autres autour d'elles, pour devenir contrebandière. Aux côtés du grand Vital, avec qui elle s'associe, la fille à Gélas du clan du Sud parvient à déjouer et le douanier Ferdinand et la veuve à Calixte, une vraie chipie du clan du Nord. Toute la verve de l'auteur de *La Sagouine* et ses plus grands talents de conteuse sont ici réunis.

D0877508

MARIAAGÉLAS

Antonine Maillet

Mariaagélas

BIBLIOTHÈQUE QUÉBÉCOISE

BQ BIBLIOTHÈQUE QUÉBÉCOISE est une société d'édition admi-
nistrée conjointement par les Éditions Fides, les Éditions
Hurtubise HMH et Leméac Éditeur. Bibliothèque québécoise remercie le ministère du Patrimoine canadien du soutien qui lui
est accordé dans le cadre du Programme d'aide au développement de
l'industrie de l'édition. BQ remercie également le Conseil des Arts du
Canada et la Société de développement des entreprises culturelles du
Québec (SODEC).

Couverture : Michelle Rossignol et Denise Pelletier
dans les rôles de Mariaagélas et de la veuve à Calixte,
dans l'adaptation dramatique de l'œuvre d'Antonine Maillet
présentée au Théâtre du Rideau Vert, à Montréal, en 1974.
Photographie : Guy Dubois

Typographie et montage : Dürer *et al.* (MONTRÉAL)

Données de catalogage avant publication (CANADA)
Maillet, Antonine, 1929-
Mariaagélas
Éd. originale: [Montréal] : Leméac, 1973.
Publié à l'origine dans la coll.: Roman acadien
ISBN 2-89406-180-3
I. TITRE
PS8526.A4M3 2000   C843'.54   C99-941770-7
PS9526.A4M3 2000   PQ3919.2.M34M3 2000

Dépôt légal : 2ᵉ trimestre 2000
Bibliothèque nationale du Québec
© Éditions Leméac, 1973
© Bibliothèque québécoise, 2000, pour cette édition

À Rita, mon amie,
qui a la trempe
d'une Mariaagélas
mais qui a choisi, elle,
de refaire le monde
au pinceau.

PROLOGUE

Vous me direz que c'est inutile, que vous ne pouvez pas croire à une histoire comme celle-ci, que vous avez trop vécu, que vous n'êtes pas si légers de croyance, et que les côtes d'Acadie, pour tout dire, sont trop à l'abri pour avoir connu des aventures pareilles. À l'abri, dites-vous? Heh!… Elles sont à l'abri des vents, nos côtes? et des marées hautes? et du grain de nordet? et des goélettes perdues venues s'échouer là, comme par hasard? Mais passons : tout le monde sait que personne n'est à l'abri de rien.

Je vous connais. Vous croirez aux sorciers, plutôt, et à l'Antéchrist, et au septième du septième, mais pas à l'existence de Mariaagélas. Elle est trop proche et elle nous ressemble trop. Ç'a quasiment trop d'allure de la vérité pour être vrai. Et pourtant, tous les vieux du pays pourraient vous dire… Mais vous vous méfiez des vieux du pays. Tant pis! Car ils auraient pu vous dire ce qui s'est passé chez nous, au plein cœur des dunes et des buttereaux, entre les années '20 et '30. Et pour finir… il s'est passé quelque chose qui a bouleversé la vie de plusieurs d'entre eux, et qu'il vous plairait d'entendre raconter tout au long, une bonne fois. Pardonnez-moi, mais ce n'est pas possible de tout reprendre depuis les débuts. C'est une trop longue histoire. Il faudrait quasiment la faire remonter à Noé. Ne riez pas, c'est lui qui s'est saoulé le premier. Avec un bateau et de la bagosse, vous savez où ça mène.

…Vous êtes toujours là, et vous voudriez savoir. Eh bien voilà, les jeux sont faits. Les cartes sont jouées, comme disait ma mère. Il ne vous reste plus qu'à brasser, couper, et il en sortira ce qu'il pourra. Il en sortira la veuve à Calixte, pour sûr, parce qu'on ne saurait piquer le nez dans un seul petit coin des années '20 ou '30 sans y trouver la veuve à Calixte… Pas Calixte, mais non! Il n'y a jamais eu de Calixte. Ou si peu. Tout le monde ne peut pas passer à l'histoire. La veuve à Calixte, si. Elle y a passé toute ronde. Comme Don l'Orignal, Mariaagélas et Christophe Colomb. Car ce n'était pas tout de découvrir l'Amérique; encore fallait-il apprendre à y vivre. C'est ce qu'a dû faire Maria, et tous les Gélas.

Mais d'abord, il y a eu la veuve à Calixte.

— Heh! Coume si j'avions pas eu assez de trouble avec tout le sû du pont et tout le lignage des Gélas! V'là qu'il nous fallit que le ciel nous envoyit la Maria pour racheter nos péchés.

À dire le vrai, la veuve à Calixte songeait moins à ses propres péchés qu'à ceux de la paroisse et même du comté. Il y avait plein de bootleggers entre les deux pointes, la mer et la butte du moulin; des brosseux aussi, des jureux et des chrétiens qui ne payaient pas leur dû à l'Église. La veuve à Calixte connaissait les comptes de la paroisse et l'état de conscience de chaque paroissien mieux que le curé lui-même qui gardait les livres et confessait tout son monde une fois le mois. Parce que la veuve à Calixte avait du flair, de la gueule et une hargne ancestrale contre tous les Gélas qui régnaient depuis la fondation de la paroisse sur le sud du pont. Or voilà que ça ne suffisait pas de toute une engeance de Gélas pour faire enrager la veuve :

— Fallit que le ciel nous envoyit la Maria pour nos péchés.

Ce sont les petits de la petite classe qui les premiers ont vu Maria traverser le pont, enfiler la voie ferrée et franchir la barrière de l'école. Plus tard, les grands lingards de la classe du maître se vantaient à la face de la paroisse qu'ils avaient eux-mêmes escorté Maria à partir de la côte ; mais les gars du maître n'auraient pas eu le temps dans leur courte vie de réaliser la moitié des actions héroïques qu'ils s'attribuaient. Non, ce sont les petits, ceux de la classe de M'zelle Mazerolle, qui ont tout vu depuis les débuts. Et ce lundi matin-là, ils ont vu venir droit sur eux les deux bras de Mariaagélas qui métivaient la brume.

Gélas avait eu treize enfants, à compter les morts. Mais des vivants, il n'en avait gardé que trois, expédiant les autres à mesure, sur des goélettes ou dans les shops à homard. Il lui restait donc sur les bras Charlagélas et la Follagélas, pas encore en âge de gagner leur vie, et la quatrième de ses filles, Mariaagélas, qui avait dit « non » aux shops une fois pour toutes.

Les petits de la petite classe ont vu Mariaagélas empoigner sa robe et sauter la bouchure à trois pieds du clayon. Parce que Mariaagélas, ce matin-là, n'était point d'humeur à pousser un clayon, ni même une porte. Les enfants l'ont compris et ont couru devant pour ouvrir l'école à deux battants. Mariaagélas a passé entre les deux rangées d'enfants sans leur jeter un œil, filant droit vers les trois marches qu'elle franchit dans une seule enjambée.

C'est qu'elle avait des jambes, Mariaagélas, des jambes et un bec. Tout le reste pouvait passer inaperçu. Mais sa grand-mère lui avait prédit qu'avec ses jambes et son bec elle avait de quoi faire sa vie. Mariaagélas n'avait pas prêté attention aux radotages de sa grand-mère, mais n'en avait pas moins commencé à ce moment-là à s'équarrir la bouche avec du jus de bette, et à se raboter les jambes au papier sablé.

Depuis qu'elle était enfant, Mariaagélas avait toujours plus ou moins fait sa vie. Elle avait commencé avant même d'aller à l'école à fouiller les ornières et les fossés. Elle était dans le commerce des bouteilles. Chaque dimanche matin, quand Gélas partait pour la messe avec sa femme et ses plus vieux et laissait à la maison la grand-mère et la petite Maria se garder l'une l'autre, Maria avait tôt fait de bourrer la pipe de la vieille, puis de s'enfuir sur la route ramasser des bouteilles. Elle connaissait les meilleurs coins ; et surtout, elle avait de l'avance sur les autres enfants en âge, eux, d'aller à la messe, les pauvres. Car Maria le savait : le meilleur temps pour les bouteilles, c'était le lendemain du samedi soir. À cinq ans, Maria savait ça déjà ; à huit ans, elle était de beaucoup le plus gros vendeur de bouteilles de tout le sû du pont ; et à dix ans, elle abandonnait son négoce à son jeune frère Charles pour tâter des journaux.

Le commerce des journaux fut le gros boom de Mariaagélas. Elle avait su se placer les pieds, comme disait la vieille. Les journaux végétaient aux mains de Bidoche depuis une couple d'années, quand Maria s'était sentie de taille à mener cette affaire-là. Elle avait aussitôt filé une douzaine de quarante onces à Bidoche. Et Bidoche, qui n'avait pas la bosse des affaires, en avait été tout heureux.

Ainsi de bouteilles en journaux, Mariaagélas avait appris de jour en jour à se placer toujours un peu mieux les pieds et à se débrouiller toute seule. Mais un bon matin, elle avait eu ses quatorze ans. C'était l'âge pour les filles à Gélas de partir aux shops. Pour les autres filles à Gélas, mais pas pour Maria. Elle avait su très bien mener sa vie jusqu'à ce jour-là sans l'aide de personne, elle n'allait pas tout d'un coup se mettre à suivre les conseils ou la trace des autres. Elle n'irait pas aux shops à Cocagne, ni à Pugwash, ni aux États. Elle ferait sa vie sur place, et toute seule.

C'était une décision grave pour Mariaagélas, et qui devait orienter toute sa vie. Car rester sur place signifiait se faire maîtresse d'école, ou servante. Servante, pour une fille du sud du pont.

Le jour où Mariaagélas pénétra comme un coup de nordet dans l'école, sous les yeux ronds et les mains moites des petits de la petite classe qui lui ouvraient les portes, elle était servante chez les Babineau depuis presque un an. C'était le plus longtemps que Mariaagélas eût tenu une maison et les Babineau comptaient la garder au moins jusqu'aux Fêtes. Mais aux Fêtes, la vie de Mariaagélas aurait déjà pris une tout autre direction et c'est ce matin-là, entre les murs de l'école, que l'attendait son destin.

À vrai dire, rien ne l'attendait, surtout personne ne s'attendait à ce qui allait se produire. Non, il ne faut pas accuser le destin qui n'avait jamais eu à guetter Maria-agélas : elle avait toujours su aller au-devant. Tout le drame qui se jouait aujourd'hui, c'est elle qui l'avait provoqué et mené jusque-là. C'est elle qui avait poussé sa jeune sœur dans la procession où elle était venue donner tête première, la pauvre Follagélas.

Quoiqu'elle fût une Gélas, elle n'avait jamais rien demandé à personne, la Folle. Elle n'avait surtout pas demandé à se rentrer la tête sous un voile bleu, empesé d'empois de patate, puis de s'en venir tenter sa chance pour le rôle de la Sainte Vierge du Mois de Marie. Elle n'avait pas désiré le rôle, la Follagélas. Même pas de marcher dans la procession. Les processions, d'ailleurs, n'entraient pas en général dans les mœurs des Gélas. Jusqu'au jour où quelqu'un s'avisât de les leur interdire.

Ç'avait commencé par une petite phrase de rien :

— Voulez-vous me dire asteur qu'une Gélas…

On n'avait pas attendu la suite. D'abord parce qu'on la devinait, surtout parce qu'on en connaissait la provenance.

— La veuve à Calixte se figurait-i' ben ouère, à l'heure qu'il est, qu'elle arait la seule tête du pays à pouère porter un ouèle ?

Et Maria avait juré que la cadette des Gélas porterait le voile et l'Enfant-Jésus, ou que le sang coulerait.

Le sang coula du nez de la maîtresse. Car avant que personne n'eût pu prévoir le coup, et sous le regard ébarroui des petits de la petite classe, Mariaagélas avait administré à M'zelle Mazerolle le plus formidable poing dans l'œil de mémoire scolaire.

L'affaire de la procession se terminait là, avec la carrière de la pauvre maîtresse qui prit le lendemain le train du nord en se tenant le nez. Mais l'affaire Mariaagélas commençait. Car désormais, il lui fallait réorienter sa vie. Plus aucune maison respectable n'engagerait servante une fille qui avait fait saigner le nez de la maîtresse. Et les maisons qui ne se respectent pas n'engagent pas de servantes. Ainsi mise à pied, Mariaagélas comprit qu'elle n'avait plus le choix, qu'il lui fallait se lancer à l'aventure et s'inventer une carrière si elle voulait éviter les shops ou les États.

C'est ainsi que le rôle de la Vierge devait peser lourd dans la vie turbulente de cette femme dont le premier coup de poing fut le premier mot. Car cette histoire devait s'avérer de la plus haute importance dans l'ensemble de la stratégie de la dernière héroïne des Gélas qui se donnait, par ce coup inattendu, des entrées dans une nouvelle vie : une vie qui, en se fermant à jamais toutes les maisons respectables du pays, s'ouvrait la mer, le pont, le portage, le chemin du roi, et le monde qui allait bientôt devenir trop petit pour elle.

CHAPITRE PREMIER

La branche Gélas des Caissie occupait le sud du pont depuis la fondation de la paroisse, l'une des plus anciennes du pays. On pouvait se rendre chez les Gélas par le chemin du roi, si l'on venait de la ville; ou par le portage, si l'on sortait des terres; ou tout simplement par la côte. C'est de la côte qu'avaient surgi les premiers Caissie sortis d'exil, à la fin du XVIIIe siècle. Fatigué de traîner sa famille et son ménage depuis la Louisiane jusqu'à Memramcook, puis de Memramcook jusqu'à la Baie, Gélas Caissie s'était laissé choir sur le sable et y avait planté quatre piquets pour y supporter sa cabane. Petit à petit, sa descendance avait affermi les piquets et agrandi la cabane jusqu'à donner à l'habitation des premiers Caissie à peu près l'allure d'une maison. La maison devait tenir deux siècles et connaître sept ou huit générations d'infatigables Caissie pêcheurs, bûcherons, forgerons, hommes à tout faire, ou hommes à ne rien faire du tout qui n'en portaient pas moins fièrement le nom de Caissie, et y mettant d'autant plus d'acharnement à le répandre qu'ils n'avaient rien d'autre à faire. De sorte que rapidement, les terres environnant les côtes où avaient débarqué les premiers colons se virent inondées de nouvelles générations de Caissie débordant la cabane ancestrale de Gélas, premier du nom

qui avait engendré Louis,

qui avait engendré Charles,

qui avait engendré Gélas,

qui avait engendré Gélas,

qui avait engendré Paul,

qui avait engendré Louis,

qui avait engendré Gélas, le père de Mariaagélas dont on a pu voir, au début de cette chronique, la bruyante entrée en scène dans l'histoire de mon pays.

— Pan! Mariaagélas a donné son poing sus le nez à la maîtresse.

— Et pis le nez à la maîtresse a saigné jusqu'au fond de ses concessions du nôrd.

— Ça leur apprendra à ces genses du nôrd à s'en venir nous montrer ouère à vivre dans le sû.

— Mariaagélas peut leur montrer ouère à vivre dans le sû coume dans le nôrd, sus la terre farme coume au large.

— C'est qu'elle a sa grousse part de Gélas, la Maria.

Le prénom Gélas revenait assez souvent dans la généalogie des Caissie de la Baie pour permettre au patronyme de supplanter le nom de famille, dès la quatrième génération, et pour donner à Maria le droit de porter, par devant la loi et les hommes, le nom glorieux de Mariaagélas. Mariaagélas tenait d'autant plus à ce droit qu'il affichait publiquement l'ancienneté de son lignage par rapport aux autres Caissie issus comme elle de Gélas Premier, mais qui, au cours de leur histoire, avaient dû quitter l'emplacement de l'ancêtre pour s'exiler dans les terres ou au nord du pont. Et sans que personne ne sût plus pourquoi, la tradition accordait à la seule branche aînée des Caissie le droit d'arborer le surnom de Gélas et de cracher à la face de leurs cousins si le cœur leur en disait. À tel point que tous les Caissie du haut de la rivière et d'au-delà du pont en étaient venus à considérer les Gélas comme des ennemis ancestraux et dont la seule arrivée au monde constituait une menace à leurs biens et à ceux de leurs enfants.

— Les Gélas, ils sont capables de vous dévorer un houme tout rond.

— Faut point les laisser approcher de vos bouchures, ils vous déracineriont vos lices et vos pitchets.

— Un Gélas, ça vient au monde avec tous ses dents, coume l'Antichrist, fiez-vous-y point.

La menace Gélas n'avait pourtant jamais franchi le seuil de la menace, les Gélas ne disposant plus depuis un demi-siècle de suffisamment de moyens ni de jarnigoine pour constituer un danger réel pour la paix publique. Car si la cabane et les terres du premier Gélas avaient connu une prospérité croissante jusqu'aux environs de Gélas Deux, Gélas Trois avait vu sans trop s'en soucier la ramenelle envahir ses champs et la mer inonder sa cave. Déjà au temps de Charles Premier, les Gélas s'étaient rendu compte du danger d'habiter la côte, au temps des marées hautes ; mais les marées hautes étant invariablement suivies de marées basses, on se hâtait d'en profiter pour pêcher les coques et les palourdes, oubliant pour le moment la menace de la prochaine crue des eaux. Et ainsi depuis Gélas Trois, on vivait de marées hautes en marées basses, remettant à la semaine des trois jeudis le déménagement de la maison ancestrale qui reprenait de jour en jour son allure de cabane. Au temps du dernier Louis, grand-père de Mariaagélas, pour éviter de marcher dans l'eau dans la cuisine et les chambres à coucher, toute la famille avait mobilisé ses dernières énergies pour donner le grand coup : grand coup qui avait réussi à planter de nouveaux piquets sous la maison et à monter toute la charpente de cinq pieds. Juste de quoi chasser la mer du rez-de-chaussée et éviter de partir à la dérive. Mais la cave était irrémédiablement condamnée aux algues et à l'écume salée.

C'est à partir de ce jour-là que le vieux Louis avait sacrifié sa forge. Car avec l'abandon de la cave, on avait dû déménager l'alambic à côté de l'enclume. Louis-Gélas n'éprouvait aucun dépit à voir son alambic le rejoindre jusque dans sa forge. C'était pour lui une grande économie de déplacement et de temps. Car si le vieux Louis avait tout son temps et n'avait jamais senti le besoin de le ménager, il avait par ailleurs un grand souci de ses pas et détestait par-dessus tout gaspiller l'huile de ses jambes. Avec son alambic dans sa forge, le forgeron pourrait sans se dépenser passer de l'enclume à la pontchine et de l'enfer au paradis, comme il disait. Il fit souvent le passage, Louis-Gélas. Si souvent, qu'il finit par ne plus très bien distinguer entre le ciel et l'enfer, la cruche et le marteau, le vin et la flamme.

Cette forge qui avait ferré la moitié des chevaux encore vivants, au pays qui s'étend de la mer au portage et du pont à la lisière de la forêt vierge, c'était un héritage des Gélas depuis Charles Premier le Bossu, qui avait converti sa cabane à éperlans en forge pour les besoins de la cause. Depuis le Bossu, les Gélas avaient gardé la forgerie dans la famille, ajoutant ce métier à celui de pêcheurs en été et de bûcherons en hiver qu'ils partageaient avec tous les habitants du pays. Mais la forge, c'était une exclusivité des Gélas, à l'exception d'une demi-forge au nord du pont qui appartenait aux Allain et qui n'avait pas de quoi ferrer convenablement une poule.

Depuis Charles, aucun des Gélas n'avait cru à l'existence de la forge des Allain. Et Paul, le père de Louis, voulait plutôt croire que les chevaux qui ne passaient pas par son enclume se ferreraient tout seuls ou se faisaient ferrer par les lutins… On n'allait tout de même pas mettre en doute le pouvoir des lutins. Car au dire de Paul à Gélas, les lutins capables de tresser la crinière des chevaux et de les chevaucher une nuit durant étaient sûrement de calibre à leur mettre des fers aux sabots. D'ailleurs Paul à Gélas et son fils, Louis à Paul à Gélas, avaient maintes fois tenu entre leurs mains ces pattes de chevaux ferrées de façon mystérieuse. Vous ne tromperez pas un forgeron qui a le feu de sa forge dans le sang. Et les Gélas ont eu du sang de forgeron de Charles le Bossu à Louis, le grand-père de Maria.

En voyant petit à petit son alambic envahir sa forge, le vieux Louis jetait de temps en temps un œil du côté du nord du pont pour voir s'il s'arrachait toujours une fumée de la cabane des Allain.

— Ils faisont boucaner leu hareng du côté des Allain, qu'on se répétait de la forge des Gélas.

Et après la saison du hareng, on boucanait la morue, puis le maquereau, puis l'anguille… Louis savait bien qu'on ne boucanait pas l'anguille au pays, ni même le maquereau d'ailleurs. Mais les Gélas auraient fait boucaner le curé et la paroisse avant de reconnaître l'existence d'une autre forge que la leur. Il ne pouvait pas se dissimuler une enclume ni un seul fer à cheval dans la cabane des Allain.

Et Louis continuait de traîner ses bottes entre son feu et son baril, approchant de plus en plus le baril du feu pour ménager l'huile de ses jambes. Jusqu'au jour où la flamme de sa forge ne servit plus qu'à faire bouillir la graine de sa bière aux mères. À partir de ce jour-là, les chevaux n'entraient plus chez les Gélas, mais y amenaient à la brunante des hommes d'un peu partout qui rechargeaient leurs carrioles ou leurs charrettes. Et à son titre de forgeron, Louis à Paul à Gélas se vit bientôt ajouter celui de vendeur de bière. Son fils Gélas, en prenant la succession, ne garda plus que la seconde profession de son père. De sorte que les Gélas de l'époque de Maria, qui vivaient sur une île au temps des marées hautes, et dans la vase aux marées basses, se trouvaient à vivre de trafic de boisson à longueur d'année.

Les cousins Cassie d'outre-pont et d'outre-portage n'ignoraient rien de la vie privée des Gélas. Et plusieurs en profitaient pour essayer de saper le prestige des Gélas qui, en dépit de la décadence de leur cabane et de la forge, n'en continuaient pas moins à rayonner sur la baie et jusque dans l'anse.

— Vous avez vu?…

— C'est-i' vrai?…

— Non!…

— Mon-Djeu-Maria, faut pas s'y fier.

Pourtant, de tous les Caissie, les Gélas étaient les seuls à n'être jamais sûrs du lendemain. Au moins deux ou trois fois par année, la femme à Gélas se levait de bon matin en annonçant :

— Il reste de la boquoîte pour deux jours. Après, si vous voulez encôre des crêpes…

On voulait encore des crêpes ; alors l'un des fils Gélas s'embauchait sur une goélette ou l'une des filles partait pour les shops, et il restait de la boquoîte pour encore une couple de mois, c'est-à-dire jusqu'au jour où le jeune Gélas décidait de garder sa paie et de laisser au suivant le soin de se sacrifier pour la famille. C'est ainsi que Gélas avait vu partir tous ses enfants, ne gardant au logis que les deux derniers, Charlagélas et la Follagélas, plus Maria qui n'avait point l'intention de suivre la voie commune.

Non, Mariaagélas n'irait pas aux shops à Pugwash, ni aux États. Elle était une Gélas jusque dans les os, c'est-à-dire qu'elle sentait bouillonner en elle tous les goûts et tous les rêves successifs de sa lignée d'ancêtres depuis Gélas Premier, qui avait planté sa cabane dans le sable de la baie, jusqu'au dernier Gélas, son père, qui fabriquait de la bière dans sa forge désaffectée.

CHAPITRE II

Mariaagélas n'avait point l'intention d'aller aux shops. Non, pas de shops pour Mariaagélas. Elle s'était fait raconter les shops par sa tante Clara. La tante Clara était une Gélas, pourtant, et ne craignait ni ciel ni terre. Elle avait pratiquement été élevée dans la forge, Clara, à brasser de la bière et à se battre avec les hommes à coups de pied dans les fesses au moindre chahut. Mais toute son expérience et sa gueule de tireuse de cartes ne l'avaient pas empêchée de finir aux shops. C'était le sort des Gélas de mettre au monde plus de femmes que d'hommes. On gardait à la maison le nécessaire de femmes de ménage et l'on expédiait l'excédent aux shops. Jusqu'au mariage. Mais la tante Clara ne s'était jamais mariée : les shops l'avaient engloutie.

On racontait des choses sur la tante Clara. C'était bien inutile. Car ce qu'il y avait à raconter, tante Clara s'en chargeait, sans honte ni vergogne. Les Gélas n'avaient jamais rien eu à cacher. À leur avis, on ne cachait que les choses qu'on ne voulait pas se faire voler. Or depuis belles années déjà, il n'y avait plus rien de volable chez les Gélas. Pour le reste, tante Clara racontait tout ce qu'on voulait savoir : la vase sur le plancher, l'eau dans les bottes, les journées de douze heures, les mains dans l'eau froide, l'écœurante odeur de poisson pourri dans les quarts, tout. La vie des shops, comme la vivaient chaque année pendant plusieurs mois des centaines de jeunes filles déchargées là par les camions de la compagnie. Mais Claraagélas avait connu pire. Car les shops l'avaient rendue lucide et agressive. Et petit à petit, elle avait communiqué sa hargne aux autres. Il s'en était suivi un début de mutinerie dans les shops, ce qui n'avait pas plu à la compagnie. Et Claraagélas avait payé pour les innocentes.

Non, pas de shops pour Mariaagélas.

Quand la tante Clara avait compris que, si elle avait des tripes, elle n'avait pas toutefois les reins de la compagnie et ne gagnerait rien, elle avait résolu de happer la prochaine goélette et de s'y embarquer dans les cuisines. Mais les patrons la rattrapèrent sur le quai et la ramenèrent aux shops finir son mois. Ce dernier mois fut infernal et Clara, qui avait toujours réglé ses comptes avec ses ennemis, laissa tomber son mégot dans une tache d'huile avant de sortir de la shop, un soir, et s'enfuit. Elle flottait déjà sur les côtes d'Afrique du Sud quand on instruisit son procès. On repêcha la tante Clara au port de Vancouver, un an plus tard.

Mariaagélas éviterait les shops et la prison. Elle n'avait rien contre les goélettes, non. Mais elle avait horreur des cuisines. Matelot, oui, mais pas fille de fond de cale. Elle se sentait la vocation d'un homme, Mariaagélas, quelque chose comme un pirate, Et elle rêvait au Capitaine Kidd qui, au dire des vieux, était venu enterrer ses trésors dans les sables de la baie. On jurait qu'il s'en cachait au moins deux dans l'anse et plusieurs le long de la dune. Des hommes les avaient même aperçus en creusant mais n'avaient pas réussi à les déterrer, à cause du diable. Ce maudit Boiteux y tenait à ses trésors, et jouait de toutes ses chaînes chaque fois qu'un déterreux s'approchait avec une pelle de l'une de ses cachettes. Mais Mariaagélas n'avait pas peur du diable.

À vrai dire, Mariaagélas n'avait peur de rien. Et ce n'était pas la peur qui la tenait loin des shops, c'était la haine de l'asservissement. Servante, passe : elle était maîtresse de ses chaudrons. Mais petite ouvrière à la chaîne qui décoquille des queues de homards sous l'œil jaune d'un patron moustachu qui crie : «Shup up!», nenni! Mariaagélas voulait plutôt crever, ou se battre. En fait, elle préférait se battre. Mais pas à la manière de sa tante Clara. Pas pour finir en prison. Ou peut-être la prison à la fin de ses jours, après une vie cahoteuse, chahuteuse, forlaquante et rabotée sur les bords…

— Vous l'avez vue, la Maria, hier au souère, qui se tordait le derrière au bord du tchai?

— Oh! tut-tut-tut…

La vie de forlaque avait quelque chose de piquant et de chatouilleux, mais c'était trop facile et quotidien, surtout le long des côtes où accostaient régulièrement des goélettes et des pétroliers. D'ailleurs la paroisse avait déjà son régiment de Bessoune, Catoune et Pitoune.

Mariaagélas pouvait faire mieux. Elle n'eut pas à chercher longtemps. Comme dans l'affaire des bouteilles et des journaux, elle se fia à son étoile et à ses instincts. Le hasard avait toujours travaillé pour Mariaagélas, parce qu'elle avait le bon goût de se trouver toujours là où le hasard avait besoin d'elle.

Ce matin de la fin d'août dix-neuf cent quelque chose, elle y était. La veuve à Calixte devait dire plus tard que si Mariaagélas s'était levée avant l'aube cette nuit-là, ce n'était pas parce qu'elle avait faim et qu'elle soupçonnait son père d'avoir caché une cruche de lait de beurre dans une trappe, à la côte. Hé non. Mais faut pas se fier aux placotages de la veuve à Calixte. La veuve à Calixte était la pire commère du pays. «Projeteuse», qu'on l'appelait. Pourtant, tout le monde dans le voisinage imaginait toutes sortes de raisons pour une Maria de se lever avant l'aube, et toutes sortes de choses à fabriquer à la côte.

— Une créature dans la vingtaine qu'est pas encôre mariée peut fabriquer n'importe quoi avant l'aube à la côte, ripostait Basile à Pierre Crochu, le maître de la demi-forge des Allain.

Et tous les hommes s'esclaffaient.

Mais le mystère n'en continuait pas moins à planer sur toute l'affaire. Jusqu'au jour où quelqu'un dit à quelqu'un d'autre qui en avertit aussitôt la veuve à Calixte que le petit garçon à Thaddée avait aperçu plusieurs fois Mariaagélas en compagnie de Soldat-Bidoche.

Soldat-Bidoche était pourtant de tous les innocents le pêcheur de coques et d'anguilles le plus innocent que la côte eût connu. Après avoir sauvé bien malgré lui tout un escadron au fond des vieux pays, il n'avait pas pu sauver sa pelle et son râteau au fond de sa cave, le pauvre Bidoche, et au retour du front, on l'avait vu troquer sa croix de guerre contre un nigog rouillé, oublié depuis beau temps derrière la grange du vieux Ferdinand. Ferdinand n'avait pas besoin de la croix pour se faire respecter, mais il avait eu pitié du Bidoche. C'est ainsi que Soldat-Bidoche avait dû abandonner les coques pour l'anguille, et le sable de la baie pour la vase des rivières et du barachois.

C'est là, au goulet du petit barachois — pas le grand barachois vidé depuis longtemps déjà et qui n'attirait plus personne — que pêchait le plus souvent Bidoche. À vrai dire, le petit barachois n'attirait pas grand monde non plus, les barachois ayant toujours été plus ou moins méprisés des pêcheurs de rivières ou d'eau profonde. Mais Bidoche n'avait jamais eu de mépris pour personne ni pour rien. Et il lançait son nigog dans le petit barachois comme dans la Rivière-à-Hache.

Mais si les barachois étaient abandonnés des pêcheurs, ils ne l'étaient pas de tout le monde. C'est même la vraie raison pourquoi ils ne l'étaient pas de tout le monde. Ça peut paraître paradoxal aujourd'hui, mais les gens de l'époque comprenaient ça. Les gens du sud et du nord du pont, du bas du moulin et de l'est du portage comprenaient très bien sans qu'on eût à leur expliquer qu'un endroit abandonné ne l'était jamais tout à fait, et qu'il fallait se méfier des barachois stagnants comme des marais secs. C'est la raison pour laquelle la veuve à Calixte partit en peur le jour où on l'avertit des rencontres nocturnes de Mariaagélas et de Soldat-Bidoche à l'embouchure du petit barachois.

Et la veuve à Calixte résolut de ne pas laisser ça là.

Mariaagélas avait pris la même résolution d'ailleurs. Parce que l'information que lui avait fournie si innocemment le brave Bidoche lui avait pigouillé la moelle des os.

— Hé ben! qu'elle s'était contentée de dire.

Mais c'était un «hé ben!» chargé des plus fermes avertissements. Avertissements à qui? de quoi? Ceux que déchargeaient leur goélette à toutes les deux ou trois nuits à la courbure de la dune comprirent que Mariaagélas venait d'ouvrir une première porte; mais ils ne soupçonnèrent pas que du coup elle avait découvert la clef de toutes les autres.

— Mariaagélas ira pus sarvante, qu'on se répétait de la grange à Ferdinand à la forge des Allain.

— Mariaagélas s'attoquera pus sus les pitchets de bouchure à espérer les bûcheux pis les matelots.

Et les hommes reniflaient dans leurs pipes en plissant les yeux.

Mais Mariaagélas ne les entendait pas et s'en allait à ses affaires qui n'étaient pas des affaires des hommes de la forge des Allain ni de la grange à Ferdinand. Pas des affaires de personne, la nouvelle vie de Mariaagélas. Et ça enrageait la veuve à Calixte rien que d'y penser.

— Depuis quand c'est ouère que les affaires de la parouesse sont pus des affaires à parsoune? Hein? Depuis quand c'est ouère?

Mais les affaires de Mariaagélas n'étaient pas des

affaires de la paroisse non plus. Et c'est pour ça que la paroisse avait décidé de s'en mêler.

La paroisse, c'était le bedeau, la servante du curé, quelques voisines du presbytère et surtout la veuve à Calixte. Le curé lui-même se réservait les affaires politiques, sociales, et parfois religieuses. Tout le reste relevait de la compétence paroissiale : les mœurs de la Bessoune, la rivalité entre les deux forges, la chasse-galerie du démon de la Rivière-à-Hache, les engueulades de Polyte avec sa belle-mère, et les allées et venues de Mariaagélas. Mais Mariaagélas, depuis qu'on l'avait traînée de force aux messes dominicales et aux confessions des premiers vendredis du mois, n'avait plus manifesté aucun attrait pour une religion qui manquait de surprise et de piquant. À part la bénédiction des gorges à la Saint-Blaise et celle des branches de cèdre au Dimanche des Rameaux, la religion se répétait de vêpres en vêpres et de rosaire en chemin de croix. C'est pourquoi Mariaagélas n'hésita pas à laisser à la veuve à Calixte les affaires de la paroisse. À la condition toutefois que la paroisse laissât à Mariaagélas les affaires de Mariaagélas.

Mais la veuve à Calixte était moins subtile que Maria et prit du temps à comprendre. Beaucoup de temps. Tout le temps que dura sa rivalité avec cette femme unique et redoutable, descendante des premiers Gélas de la Baie, fille de la mer, des sables, et de la forge, la superbe et magnifique Mariaagélas qui pendant un an devait faire courir tout le pays entre le portage, la mer et le chemin du roi.

Une fois pour toutes Maria avait dit «non!» aux shops, aux États et à la vie de servante. Il ne lui restait que la grande aventure, celle qui jusqu'alors avait tenté les plus fins renards du pays, l'aventure héroïque et merveilleuse des années '20-'30 le long des côtes de l'Atlantique : l'épopée de la contrebande.

CHAPITRE III

Les côtes de l'Atlantique se sentaient très loin du pays. Le pays, c'était Montréal, Toronto, un petit brin la capitale aussi, parce que c'est de là que sortaient toutes les lois sur la pêche et le trafic du bois. Mais les dunes et la baie, où les Gélas avaient planté leur cabane, étaient trop à l'écart pour vivre au rythme du pays. Les directives d'Ottawa prenaient toujours un certain temps à se rendre jusqu'à la Baie, la Pointe ou la Butte-du-Moulin. Aussi la Butte, la Pointe et la Baie prenaient-elles beaucoup de temps à déchiffrer les directives d'Ottawa.

Basile à Pierre, le demi-maître forgeron, avait pour son dire qu'un cheval comprend mieux « hue » et « dia » que les affiches de droite et de gauche du gouvernement. Et Polyte à Jude à Bill était d'avis qu'on devait pêcher la morue quand ça mord et pas quand ça plaît aux officiers de pêche. Et là-dessus, Polyte à Henri à Bill suivait son avis. D'ailleurs la plupart des lois étaient faites pour les gros, les citadins ou les dirigeants du pays. Les Gélas et leurs voisins n'étant rien de tout ça, ils se passaient de lois comme de blé d'Inde en hiver et de mélasse en été. Et personne ne s'en plaignait.

Mais voici qu'un bon jour, tous les gouvernements se mirent d'accord sur une loi qui devait atteindre à peu près tout le monde, y compris les Gélas. Avant tout les Gélas. C'était une loi venue des États et qui avait frappé d'un seul coup toutes les provinces du pays comme une épidémie, laissant ses habitants hagards et altérés. On l'appelait la prohibition.

Cette prohibition prohibait tout : la grosse bière, la flacatoune, la bagosse, la bière aux mères, la moonshine, le petit-blanc, tout ce qui pouvait sortir d'un alambic ou d'un baril, d'une cave, d'une grange, ou de la forge des Gélas. Défense à l'avenir d'importer, d'exporter, de fabriquer, de vendre, ou de boire de ce jus précieux qui avait fait pendant tant d'années la joie d'une race vivant entre le pont, le portage et la côte. Et cette race, au premier coup de glas, en fut atterrée.

Pas pour longtemps, cependant. Non, pas du tout pour longtemps. Parce que les gens du sud et du nord du pont passaient pour ingénieux et rusés. On disait au sud que les gens du nord étaient des fouines, et au nord on traitait les sud de renards. Les uns et les autres s'accommodèrent donc très tôt de la prohibition, cherchant même à en tirer parti.

Ce sont ceux qui vivaient à l'est du chemin du roi qui comprirent le plus vite l'avantage de leur situation géographique.

— Quand c'est qu'une cabane a le derrière à l'eau, répétait le Polyte, une goélette peut ben décharger direct dans sa cave.

Et l'on se mit à rêver aux goélettes comme jadis aux trésors du Capitaine Kidd. Très peu d'hommes avaient réellement trouvé de ces trésors, mais on en parlait beaucoup, comme des traces des Vikings. On racontait même qu'à la Pointe-à-Jérôme, on avait déterré onze squelettes, dont un tibia mesurant trente pouces. Un tibia de trente pouces ne pouvait appartenir qu'à un géant, de l'avis général.

— Ou à un boiteux, avait risqué dans le temps Claraagélas, la tante de Maria, celle qui avait mis le feu à la shop pour se venger des patrons.

Mais on continuait au pays de croire à une expédition des Vikings jusqu'à la Pointe-à-Jérôme, cette Pointe qui devait en voir d'autres par la suite, et qui allait, au temps que raconte notre chronique, s'illustrer d'une si étrange façon.

Ce matin d'août des années 19…, qui avait révélé à la paroisse et à la veuve à Calixte que Mariaagélas errait avant l'aube sur les sables de la côte et jusqu'au goulet du petit barachois, semble bien marquer le baptême de la plus illustre fille des Gélas et son mariage avec la mer et les îles lointaines. Mais c'est bien plus tard qu'on a compris. Et même si l'on en croit les racontars sortis de la forge des Allain, il resterait encore à l'heure qu'il est bien des éléments mystérieux dans la vie et les aventures de Mariaagélas. Et c'est dans le but de jeter un peu de lumière sur cette page de notre histoire que je poursuis mon récit.

L'on a donc vu que le vin avait conduit à l'ivrognerie, l'ivrognerie à la prohibition, la prohibition à la contrebande, et nous allons voir que la contrebande, inondant les côtes des vins secs de Saint-Pierre-et-Miquelon, devait conduire le pays à la plus glorieuse débauche de son histoire. Et c'est au dernier maillon de cette chaîne que se rattache Mariaagélas. Car on ne saurait lui attribuer l'invention du vin, de l'ivresse ou de la prohibition ; non pas qu'elle s'en fût montrée incapable, mais parce qu'elle est arrivée trop tard. Tout au plus a-t-elle contribué, par la vie secrète et héroïque que nous nous efforcerons de déterrer, à rendre aux gens des côtes la joie de vivre que le gouvernement leur refusait. Et du coup, cette femme donnait un sens à sa vie, du foin à ses coffres et de la gloire au pays. Car de l'avis des gens de la Baie, de la Butte et des deux Pointes, nulle part entre les deux océans n'a-t-on connu tant de prospérité que le long de l'Atlantique à l'époque de la prohibition. Et au cœur de ce drame, Mariaagélas.

— Mariaagélas ira point aux shops.

— Non, Mariaagélas ira pus sarvante.

Elle avait trouvé mieux, Mariaagélas.

Tout avait commencé ce matin-là, quand Soldat-Bidoche lui avait dit comme ça, en rongeant le manche de son nigog, qu'une goélette étrangère avait la nuit précédente jeté l'ancre juste là, vis-à-vis du goulet.

— Où ça ?

— Là, au goulet du petit barachois.

— Pis après ?

— Pis après c'est toute, trois houmes avont débarqué.

— Où c'est qu'ils avont été ?

— Dans le sable.

— Ben quelle place dans le sable ?

— Sus la dune.

— Farme ta goule.

Et Bidoche se tut.

La nuit suivante, Mariaagélas faisait la garde elle-même. Bidoche, qui pêchait l'anguille plus loin, n'osait pas trop lever les yeux du côté de l'est et continuait de fermer sa goule.

Et c'est à ce moment-là qu'une goélette apparut à l'angle de la dune et du barachois, dans un mince rayon de quart de lune au pied duquel se tenait coite Maria-agélas. Le bâtiment se canta, prit le sud de la pointe, et s'immobilisa tout proche du goulet. Maria ne bougea pas.

Des hommes surgirent de la cale et vinrent sur le pont.

— Ououou!...

Mariaagélas tourna la tête vers la dune et aperçut des ombres entre les foins salés. Ils étaient deux... non, trois. Ils s'avançaient sans hâte en répondant à la goélette.

— Ououou!...

Tout se décida cette nuit-là. Mais personne n'en sut rien, sinon Mariaagélas. Elle avait pris seule sa décision. Le lendemain, rien ne parut sur son visage ou dans sa démarche, rien ne pouvait laisser deviner à âme qui vive la résolution de Mariaagélas de s'aventurer dans le trafic des bouteilles. C'est plus tard que Basile à Pierre devait dire dans la grange à Ferdinand :

— C'telle-là qu'a commencé sa vie dans les bouteilles la finira dans les bouteilles.

Mais c'est après que Mariaagélas se trouvait dans les bouteilles jusqu'au cou, qu'on put faire à la Baie de telles prophéties.

Non, le lendemain de la fameuse nuit d'août, rien ne transpirait de la nouvelle vocation de Mariaagélas. Les contrebandiers eux-mêmes, qui bientôt auraient cette femme à leur service, puis plus tard seraient au sien, ignoraient encore jusqu'à l'existence de Mariaagélas.

Tout le monde ignorait tout... mais la veuve à Calixte soupçonnait n'importe quoi.

C'est que la veuve à Calixte était une femme de métier. La garde des vertus et la conservation des coutumes et bonnes mœurs à l'échelon paroissial occupaient toute son âme et commandaient toutes ses actions. Allez résister à ça!

— Si c'est pas une honte asteur de ouère le grand Jos passer toutes ses veillées du mardi pis du jeudi sus la veuve à Onésiphore. Ouais... c'est honteux, ben c'est point moi qui va m'en bodrer.

Mais quand la veuve à Calixte n'aurait réellement pas voulu s'en bodrer, ça la bodrait, ça.

Comme disait Basile:

— Entre veuves, il counaissont ça.

Oui, ça la bodrait de voir le grand Jos loucher du côté de la veuve à Onésiphore. Et de voir la Bessoune passer la nuit sous le pont ou au pied du phare à essayer de capturer les rayons de lune entre ses orteils... Ou de voir Mariaagélas.

On avait beau dire à la veuve à Calixte que Mariaagélas n'avait encore rien fait, qu'il n'y avait vraiment pas de quoi se tirer les cheveux.

— Heh! coume si fallit espérer qu'a' faisit de quoi pour coumencer à s'intchéter. Vous croyez ouère ben, vous autres, que la Mariaagélas s'en viendra nous demander la parmission avant de nous envoyer toutes brûler sus le djable? ... Mon Djeu séminte! pardonnez-moi, Seigneur, j'ai blasphêmé… Dans tous les cas, laissez la veuve à Calixte vous avarti' droite asteur que faudra point venir y demander de sauver des âmes pardues. Et pis si vous quittez la Maria se promener coume ça la nuit entre la Butte et le Portage, venez point après ça brailler dans le bénitcher de la parouesse et crouère que saint Joseph ou même saint Antoine en parsoune pourra y retrouver son état de grâce.

Et là-dessus la veuve à Calixte planta son talon de bottine entre deux cailloux du chemin du roi et s'en fut prier à l'église.

Mais quoique la veuve à Calixte sût déjà beaucoup de choses, elle ignorait — à ce stade du déroulement des événements — que Mariaagélas ne se promenait plus entre la Butte et le Portage, mais s'affairait sans en avoir l'air entre la mer et l'entrée du barachois. Car déjà la nouvelle contrebandière avait manifesté sa présence aux débardeurs des goélettes qui en avaient prévenu les patrons qui s'étaient trouvés dans l'obligation de négocier. Or les patrons eurent tôt fait de constater qu'on négocie plus aisément avec les douaniers et les représentants même du gouvernement qu'avec une Mariaagélas, quand cette Mariaagélas a une fois décidé de vous tirer tous les vers du nez… Les vers, et l'hameçon, et la ligne, et tout le poisson.

CHAPITRE IV

Casse-cou Collette était l'homme du grand Vital: ça tout le monde le savait. L'homme de peine, l'homme de confiance, l'homme à tout faire. Et comme le grand Vital faisait un peu de tout, Casse-cou Collette avait eu, au service de son maître, maintes occasions de se le casser pour vrai, son cou de Collette. Mais les véritables casse-cou sont ceux qui d'ordinaire savent le mieux se garder de la foudre, de la peste et de la corde: ce qu'avait réussi à date Casse-cou Collette avec une assiduité de la chance qui rendait perplexes les deux forges, la grange à Ferdinand et la veuve à Calixte.

— Ah! y en a qu'avont le tour de point se faire pogner. I' avont jamais la main dans le sac ni la patte dans le piège.

— C'est peut-être ben parce que le piège pis le sac leur appartenont.

— Casse-cou a rien qui y appartchent.

— Ouais, ben lui il appartchent à un homme qui appartchent le bas du comté, et ça, ça revient au même.

Ça revenait pas au même pour la veuve à Calixte qui avait toujours appartenu corps et âme à la paroisse sans pour autant n'avoir jamais eu droit de piger dans la quête ou le tronc de saint Antoine. Non, Casse-cou Collette s'en tirait d'une façon ou d'une autre, mais qui ne pouvait pas être d'une façon bien catholique. Là-dessus vous n'auriez pas fait démordre la veuve à Calixte.

...Et pis quand c'est ouère que ça reviendrait au même, d'où c'est que ça vient que le grand Vital appartchent tout le bas du comté, hein?

Et la veuve à Calixte plantait son nez de belette dans la barbe du vieux Ferdinand qui en louchait. D'ailleurs, il n'avait pas à s'ostiner avec la veuve, le vieux Ferdinand, parce que tous les deux savaient pertinemment que le grand Vital possédait, dans la paroisse, la moitié des côtes, la plupart des terres à bois, une centaine de bêtes à cornes et deux camions. Oui, deux camions dont il n'avait que faire, le grand Vital, et que Casse-cou Collette conduisait dans le sentier des vaches comme sur le chemin du roi dans un vrombissement qui effrayait hommes et bêtes.

Mais Mariaagélas n'était pas dupe: les camions du grand Vital servaient à autre chose qu'à faire danser les vaches. Ses camions et ses goélettes. Car Mariaagélas savait aussi que le grand Vital possédait des goélettes. Elle s'était renseignée, la Maria, et elle avait appris beaucoup de choses depuis cette nuit d'été où elle avait assisté, couchée entre les foins de la dune, au déchargement d'une goélette anonyme. Or tout le monde sait, le long des côtes, qu'il n'y a pas de goélettes anonymes; et que, par conséquent, tout bateau qui accoste la nuit, en silence, et qui n'appartient à personne, appartient effectivement à quelqu'un qu'il s'agit de découvrir. Tout cela est d'une logique fort simple et qui n'échappa point à Mariaagélas. En quelques jours, elle avait donc identifié la goélette, repéré son maître et dénombré son équipage. Et peu de temps après, elle rencontrait Cassecou.

C'est ainsi que Mariaagélas parvint jusqu'au grand Vital. L'un et l'autre comprirent aussitôt l'avantage de se respecter mutuellement, de se vendre ou de se soudoyer et, si nécessaire, de s'unir. Tout cela fut accompli dans la plus complète discrétion et sans même que l'un ou l'autre des intéressés n'eût à ouvrir la bouche. Car si Mariaagélas, au dire de la paroisse et de la veuve à Calixte, avait de la gueule, elle possédait l'art d'en faire un usage judicieux, qui souvent consistait à n'en pas faire usage du tout. Et puis Mariaagélas recelait, en dehors de son gueuloir, quelques autres petits atouts dont la veuve à Calixte et maintes respectables femmes de la paroisse étaient dépourvues... Mais ceci ne nous regarde pas, ni vous ni moi, et il vaut mieux pour tout le monde n'en pas faire mention.

— Hé oui, je sons d'avis qu'une fille coume la Maria a point besoin de grousses argumentâtions pour chavirer la tête d'un houme. A' les a toutes dans les rognons pis les tripes, ses argumentâtions.

Et Basile à Pierre crachait sur son enclume pour en refroidir le métal.

Mais Mariaagélas dédaignait de jeter un œil du côté de la demi-forge des Allain et édifiait dans sa tête des projets qui excédaient le pouvoir de ses tripes ou de ses reins. Seule, elle s'en allait vers la dune ou le barachois, comme Napoléon à Austerlitz, inventoriant chaque sentier dans le sable, chaque élévation de terrain, et retraçant la capricieuse ligne des eaux qui varie insolemment des marées hautes aux marées basses.

Puis un jour, Maria s'en vint trouver Bidoche et lui dit à peu près ceci :

— Ça fait combien d'ânnées que ton pére est mort ?

— Heh ?... mon pére ?... Ben c'est quand c'est qu'il a trépassé de la grippe espagnole avec tous les autres, l'ânnée de la grand 'pidémie.

— Ouais... ça veut dire qu'il est quasiment encore chaud, ton père. Tut-tut-tut...

Et Mariaagélas se détourna du pauvre orphelin Bidoche avec pudeur et compassion. Mais le pauvre orphelin ne comprit pas très bien cette sympathie tardive — il y avait plusieurs années déjà que son père était enterré.

— Enterré !... c'est point assez d'enterrer un homme de nos jours. Et pis coument c'est qu'ils avont été enterrés, ces morts de la grippe espagnole, ça, ton défunt pére pourrait nous en conter là-dessus. Apparence qu'ils vous empiliont les motché-morts avec les défunts dans une charrette à bœu', et qu'ils vous les enterriont au pied de la croix sans sarémonie.

Bidoche s'agrippa à son râteau et avala une salive qui fit « glouque ».

Mais Mariaagélas était lancée.

— Ça fait que je me méfierais, moi, de ces morts mal enterrés, quand c'est que viendra la Toussaint. Y en vient tous les ans, c'te jour-là, de ces effarés du pigatouère, avec leux jambes molles et leu face pâle.

— Des revenants?...

— Chut!... Si tu les appelles, c'est sûr qu'ils viendront.

Il était trop tard : Bidoche avait déjà prononcé le nom. On n'avait plus qu'à attendre le Jour des Morts et à guetter. L'âme de Bidoche était prête, et bientôt celle de toute la paroisse. Mariaagélas pouvait s'éloigner et laisser faire le temps.

Elle avait, en effet, tout son temps, Mariaagélas. C'est ce qui avait perdu la tante Clara, cette impatience devant le temps. Elle n'avait pas su attendre son étoile, Claraagélas, et l'avait laissée flamber avec la shop. Mais Maria était la dernière d'une longue lignée de Gélas infatigables et elle saurait profiter d'une expérience accumulée pendant deux siècles : une expérience de la mer, des saisons, des hommes. C'est son expérience des hommes qui avait le mieux préparé Mariaagélas à ses nouvelles fonctions. Mais hélas! il manquait encore un chapitre à sa science des hommes : celle des femmes. Mariaagélas n'était pas encore complètement préparée à faire face aux roueries, aux simagrées, à l'âme tortueuse et emberlificotée des saintes femmes de la paroisse. Il lui manquait encore, pour tout dire, la science de la veuve à Calixte.

C'était une science difficile, et Mariaagélas allait y consacrer le plus beau temps de sa jeunesse : une jeunesse à combattre une femme dévote et entièrement donnée aux œuvres de miséricorde spirituelle et corporelle. Une lutte épique entre la contrebandière qui change les destinées du village et la pieuse femme qui commande aux destinées de la paroisse.

Elle avait beaucoup de temps, Mariaagélas ; mais elle ne comptait pas le dépenser tout entier dans un jeu de cache-cache avec les veuves du pays. Aussi avait-elle résolu, dès le début de sa carrière, de faire mordre la poussière à cette grand' vache à Calixte, puis d'en être quitte pour ses frais. Mais la résolution de la grand' vache ne le cédait en rien à celle de la forlaque à Gélas, et comptait pour le moins lui faire manger à son tour…

— De la crotte! ouais, de la crotte pour Mariaagélas!

Le débat entre les deux femmes s'engageait sur un ton qu'il ne m'est pas permis de transcrire intégralement. D'ailleurs les témoignages que j'ai recueillis sur cette première échauffourée entre Mariaagélas et la veuve à Calixte sont incomplets et contradictoires. Johnny Picoté prétend que Maria se le tint pour dit et ne risqua pas de compromettre si tôt une aussi jeune carrière. Mais de l'avis de la grange à Ferdinand et de la forge des Gélas, la veuve en perdit des plumes et se fit rabattre le caquet. On ne saura sans doute jamais toute la vérité là-dessus. Mais on sait pour certain que les deux femmes sortirent de cette première rencontre assez étourdies et pas mal ébouriffées.

CHAPITRE V

Ça s'est passé au Chemin-des-Amoureux.

Je sais que vous devez connaître un peu la géographie des côtes, que vous devez savoir que la mer n'est pas facile, que c'est une vraie garce et qu'on ne l'arrête pas où l'on veut. Je l'ai vue, par exemple, vous dévorer une pointe de sable ou vous ébrécher la dune en une seule tempête ; au point que les gens du pays avaient peine à y retrouver leur côte au bout de trois jours. La mer, ça vous change une topographie à en décourager les géographes, les arpenteurs ou les officiers de pêche. Mais mon père disait que ce qui fait le désespoir des uns...

Mon père en savait quelque chose. C'est qu'il l'avait connue, la Mariaagélas. Et celle-là, il faut dire qu'elle ne se laissait pas décourager pour une dune ou une pointe en moins. Une pointe ou une anse en plus. Et les anses sont comme les barachois et les rivières : elles creusent et s'enfoncent dans les terres. Ce n'est pas pour rien que les pirates et le Capitaine Kidd lui-même recherchaient les anses et les barachois. On le sait au pays ce que peuvent receler encore aujourd'hui les anses et les baies qui ont ce petit air sage et innocent à l'embouchure des rivières. Allez vous y fier! Allez vous fier à la mer qui charrie plus d'épaves et de naufragés que Dieu-le-Père peut en compter! Et pourtant, il y eut des gens pour n'être pas fâchés de voir ainsi les marées déchiqueter le rivage. Mariaagélas par exemple.

Mais ça s'est passé surtout au Chemin-des-Amoureux.

Il faut dire tout de suite que le Chemin-des-Amoureux — les amoureux chez nous ce sont des chardons et n'ont rien à voir avec Roméo et Juliette — que le Chemin-des-Amoureux donc relie la côte au chemin du roi… Le chemin du roi comme le sentier des vaches ne sont pas non plus propriété exclusive des vaches et du roi. Surtout à l'époque des événements que nous racontons. Pour les raisons que nous allons voir, les gens de cette époque avaient besoin de chaque route, passage, ornière, portage, allée, contre-allée, chemin de halage, chemin de traverse, ou chemin de raccourci, capables de les conduire de la mer à la forge des Gélas ou à celle des Allain. Or de toutes ces voies, la plus courte et la plus accessible aux camions restait le Chemin-des-Amoureux.

Malheureusement, le Chemin-des-Amoureux, de par son nom, avait fini par attirer l'attention des curés des paroisses environnantes, et par fournir la matière à la moitié des prônes du dimanche, l'autre moitié étant consacrée à la dîme et à la danse. Toute la côte avait commencé par rire de la méprise linguistique de l'Église en matière d'amoureux. Puis petit à petit, les amoureux — les autres — s'étaient réveillés et avaient assailli le chemin maudit.

C'est le pauvre Casse-cou qui en fut le plus désolé. Car du temps où les chardons avaient la paix au Chemin-des-Amoureux, l'homme du grand Vital y avait mené discrètement ses camions charriant sa marchandise de la côte au chemin du roi, sans embûches ni témoins. Mais là…

— Là, faudra se creuser les méninges à se trouver un autre chemin, ou s'en creuser un dans le bois au nord du pont.

Et Casse-cou avait planté là le grand Vital, le laissant se débrouiller avec la géographie.

Mariaagélas retourna au petit barachois où pêchait Soldat-Bidoche et s'émoya encore de l'âme de son père.

— C'est-i' vrai ce qu'i' racontent sus les Allain que ta mère a été obligée d'y mettre deux gazons de glace sous la plante des pieds, sus son suaire, pour le refroidir plus vite ? Apparence qu'i' voulait pas pardre son sang chaud, ton défunt pére.

— Ben, il est mort au moins d'août, y avait point de glace.

— Ah !… c'était rien que pour saouère… Ça doit être des racontars à Basile à Pierre ou à la veuve à Calixte.

Le même soir, la veuve à Calixte hurlait à qui pouvait l'entendre que la femme du vieux Louis à Paul à Gélas avait enterré son homme sans même l'ensevelir, et que l'âme du vieux pouvait bien encore errer entre ciel et terre par les nuits qui vont.

Et en moins de trois jours, la paroisse avait à demi ressuscité une bonne douzaine de ses plus récents morts et prévoyait les pires catastrophes pour la Toussaint. D'ailleurs, c'était la tradition chez les morts de revenir piquer le nez aux alentours de la Toussaint. On avait beau allumer toutes les chandelles bénites à Pâques, et pavoiser les fenêtres de rameaux, et s'abstenir de bêcher ou de labourer au Jour des Morts… non! ça ne servait à rien. On aurait dit que les revenants de la Baie, et du Portage, et du Lac-à-Mélasse…

— Ça venait point du Lac!

— Si fait!

— Des histouères de sus l'empremier!

— Pantoute. Mon défunt pére en parsoune l'a vu.

— Faut point se fier aux défunts. Ils sont jamais de notre bôrd, ceux-là.

— Je crois ben, ils avont déjà passé de l'autre bôrd, les pauvres djables.

— Farmez-vous, bande de païens! Des discours de même, c'est assez pour vous ramener sus la terre la sainte âme du défunt Pit à Boy à Thomas Picoté.

— Ben c'ti-là s'en retornerait aussi vite qu'i' serait venu, en aparcevant sus son matelas l'un des grands lingards à Geffrey.

Et Mariaagélas retourna à ses oignons. En route, elle croisa le vieux Ferdinand qui dévalait la butte du Moulin sans s'essouffler, avec l'air d'un homme qui a l'air de rien. Mariaagélas pinça le nez et plissa les yeux, cherchant à repérer sur le visage du vieux une trace de quelque chose. Mais Ferdinand s'en aperçut et resta impassible. Bon! il y avait sûrement quelque chose. On n'a pas l'air de rien au pays, quand il n'y a rien.

Maria fit le premier pas:

— Les temps s'en venont durs, Ferdinand.

— J'avons jamais counu pire depuis le temps de la Comète Halley.

— Je pourrions en ouère d'autres.

— Ah! je pourrions.

— Je crois ben que c'est pas le gouvarnement que j'avons asteur qui va s'en mêler.

— Je crois ben que non.

— C'est coume ça.

— Hé oui.

Décidément, le Ferdinand... Mariaagélas serra les dents. Elle trouverait bien le moyen de lui faire cracher ce qu'il avait derrière le cagouette, le vieux renard. Et elle se dirigea du côté de la forge des Gélas où l'on se réunissait d'ordinaire pour parler contre la forge des Allain.

Aujourd'hui, il n'y était pas question de la forge des Allain. Les hommes buvaient leur bière en silence. Ah! là, c'en était trop! Trop de mystères en un seul jour pour Mariaagélas. Cette fois, elle jouerait au plus fin. Et elle s'en fut dans un coin de la forge, sans dire un mot et la mine renfrognée. De temps en temps elle soupirait en jetant un œil triste à la fenêtre. Petit à petit, les hommes se tournèrent de son côté et, sans l'interroger, avaient tout l'air de se demander ce qu'elle savait. Mais elle se taisait, la Maria, et s'enfermait dans le silence le plus sonore que la forge avait encore entendu. Bientôt, Léon à Ludger n'y tint plus et fit signe à Gélas qui haussa les épaules. Maria ne broncha pas. C'est ben, c'est ben, on se raconterait tout. Mais Maria refusa de commencer. Les hommes de la forge finirent par plier et Mariaagélas apprit qu'on venait de nommer le vieux Ferdinand douanier.

— Ferdinand!...

Et le nom du nouveau douanier sonna sur l'enclume qui n'avait plus servi depuis la mort du vieux Louis à Paul à Gélas, le forgeron.

Ah! c'était ça! C'était donc ça qui lui avait donné cet air de saint Joseph qui vient d'apprendre qu'il doit partir pour l'Égypte, le Ferdinand! Eh ben, qu'il la prenne, son Égypte.

— ...L'Égypte, pis tout le nôrd, pis tout le sû du pont avec. Qu'i' la vende au gouvarnement. Qu'i' l'empoche. Ben, ils empocheront pas la Maria. J'y baillerons la veuve à Calixte et tous les Tchaissie, et tous les Ruisseau-des-Pottes, et les Lac-à-Mélasse, si i' faut de quoi dans ses sacs, à l'officier. Fardinand!...

C'était la première colère de Mariaagélas depuis le coup de poing qui avait fait saigner le nez de la maîtresse d'école. Une colère splendide et qui fit oublier aux hommes de la forge que Maria leur devait aussi un secret. Mais les secrets de Mariaagélas n'étaient point pour les hommes de la forge.

...La forge à Gélas ne devait apprendre que petit à petit, en même temps que la Butte, le Portage et les deux Pointes, en même temps que vous qui suivez cette histoire, le grand coup que préparait cette femme qui avait maintenant du pain sur la planche.

Du pain? Heh!...

De la bagosse, Messieurs, de la bonne flacatoune du pays, et mieux encore: cent tours dans son sac pour déjouer toutes les veuves à Calixte, et tous les Ferdinand du monde.

— Ouais!

Et Mariaagélas s'éloigna du côté du barachois où pêchait Bidoche en rêvant à son père mal enterré.

CHAPITRE VI

Les Caissie du nord prétendaient que les Gélas du sud n'étaient que d'anciens Caissie qui avaient mal tourné. Pour être des Caissie, ça c'était vrai: les Gélas étaient des Caissie, comme leurs cousins du nord. Quant à s'avouer qu'ils avaient mal tourné...

— Le soleil se lève point pis se couche point au nôrd, qu'ils hurlaient par-dessus le pont aux gens de la Butte et du Lac-à-Mélasse.

Ce à quoi les gens du Lac et de la Butte répondaient:

— Point dans le sû non plus.

Heh! le sû avait les plus fortes marées... Ah! oui, mais les autres avaient les vents du nord... Mais c'est au sû que débouchait le portage et que s'ouvrait le barachois... Et le nord? Vous savez bien qu'il avait les pointes... Les pointes, peut-être, mais pas la dune... Pas la dune, mais le moulin...

— Ben le Chemin-des-Amoureux, lui?

— Gardez-les, vos amoureux!

C'est vrai. Le sud n'avait pas de quoi se vanter avec ses amoureux. Un chemin de broussailles et de chardons. Pas de quoi garder les lièvres et les machecouèches en vie. Y avait ben de quoi se vanter avec son Chemin-des-Amoureux! Peuh!

Puis on continuait de se crier des noms d'un bord à l'autre du pont.

— Mangeux de melasse!

— Ragorneux de passe-pierre pis de tétines-de-souris!

C'était là des chicanes de jour. Après le coucher du soleil, on se rassemblait volontiers dans l'une ou l'autre forge ou dans la grange à Ferdinand, oubliant les piquets de clôtures et ne distinguant plus le nord du sû. La nuit et la bière aux mères réunissaient tous ces hommes du même sang et faisaient couler sur leurs plaies du jour un baume doux et réconfortant.

Et alors Boy à Polyte tapait Léon à Ludger dans le dos, et Basile à Pierre crachait dans le four des Gélas. Et on parlait des métives, des marées hautes et des changements de gouvernements.

Puis un soir, Soldat-Bidoche est entré dans la forge des Allain en bégayant et sentant l'homme qui a mouillé son pantalon. On a cru d'abord qu'il était tombé en bas du quai, ou que le bœu' de garde à Ferdinand l'avait encorné. Et on lui versa une cruche de bière chaude dans le gorgoton.

— …C'est blanc… ça grouille… je l'ai vu…

Alors Basile empoigna le Bidoche par les épaules et le secoua pour le dégourdir et le ramener à ses sens.

— Quoi c'est que t'as vu et yoù c'est que c'était?

— …J'sais pas… c'est blanc… ça grouille… au boute du Chemin-des-Amoureux. Je crois que c'est mon défunt pére.

En moins d'une heure, les forges, les granges, les buttes et les pointes s'étaient vidées et la paroisse se rendait bout-ci bout-là au Chemin-des-Amoureux.

Tout ça se passait le soir de la Toussaint qui, dans le calendrier de l'époque, se trouvait la nuit qui précédait le Jour des Morts. Or personne en ce temps-là n'aurait confondu le Jour des Morts et le soir des tours, les tours se jouant entre vivants.

— Entre vivants!! hurla la veuve à Calixte à bout de souffle et prête à rendre le dernier soupir qu'elle rendait tous les ans à la Toussaint depuis vingt ans.

Non, cette fois, personne n'était dupe : ce n'était pas là les mauvais tours qu'on avait accoutumance de supporter tous les ans à la mi-Carême et à la veille de la Toussaint. Cette fois…

— Ça serait-i' point un revenant?…

C'était une petite fille du Lac-à-Mélasse qui, sans penser mal faire, avait ainsi donné un nom à cette chose innommable et du coup lui avait donné droit de cité au pays. Désormais, on ne pouvait plus faire semblant, ni fermer les yeux, ni vivre sans lui : il était là, le revenant, tout gaillard et tout vivant au bout du Chemin-des-Amoureux. Il gigotait, se trémoussait, s'agitait entre ciel et terre comme quelqu'un qui n'en était pas à son premier voyage et connaissait bien les aires du pays.

— Faut faire venir le Ferdinand.

— Pourquoi c'est faire Ferdinand?

— Et pourquoi pas? C'est lui l'officier, asteur. Qu'i' nous débarrasse de ça.

— Un officier de pêche ou ben un douanier, ça guette entre la mer et la terre farme, pas entre la terre et le paradis.

— C'est point sir sûr que ça vient du paradis, c'te dâmné-là. Surtout pas si c'est le défunt père au Bidoche.

— Sainte Mére de Djeu-le-Pére! Il a blasphêmé. Allez qu'ri de l'eau bénite.

— Allez qu'ri le prêtre! Pis les saintes huiles!

Mais on ne se hâta point d'aller quérir le prêtre, les saintes huiles, ni l'eau bénite. On n'avait encore jamais vu de ses yeux vu un défunt aussi vivant dans tout l'est du pays. Et on avait beau hurler à s'en déchirer la rate et le foie devant ce revenant revenu tout droit de l'Au-delà pour effrayer les hommes qui pourtant se mêlaient sagement de leurs affaires de ce côté-ci de l'éternité… on aurait bien dégonflé si le mystérieux personnage avait disparu soudain sans avertir et sans laisser de traces. Pour sûr que ni Cocagne, ni Saint-Norbert, ni même Pointe-aux-Coques qui avait pourtant bien fait parler de lui jadis, pour sûr qu'aucun de ces pays n'aurait pu se vanter d'un revenant pareil.

— Ça serait même une boune affaire de pas trop mettre les voisins là-dedans, avait risqué Gélas.

Et les gens des forges s'entendirent pour garder leur revenant entre eux.

On finit par circonscrire l'heure et le lieu de ses apparitions et par se faire, petit à petit, à ses gestes et gibarres. Même que certains jeunes frais de la Butte-du-Moulin s'enhardirent jusqu'à tenter de le toucher. Mais ce revenant-là n'était pas de ceux qui transigent avec leur devoir de revenant sur ce genre de question, et il disparut pour trois jours. Les fanfarons de la Butte en furent quittes pour un hochement de tête paroissial et une bonne semonce de la veuve à Calixte qui leur coupèrent toute envie de recommencer.

— Hé ben! Nous v'là ben avancés. Pour une fois que j'avions de quoi de ben à nous autres, et que j'avions même jamais vu dans le sanctuaire, figurez-vous! fallit que ça seyit notre propre monde qui venit nous l'arracher d'entre les mains et nous faire pardre une chance de faire notre salut.

Les gens du Portage, de la Butte et des Pointes ne savaient pas trop comment le revenant était pour eux l'occasion de leur salut, mais ils étaient d'accord avec la veuve à Calixte que c'était une occasion unique de pouvoir cracher leur supériorité à la face du monde.

— Et pis, il est venu dans le sû, au Chemin-des-Amoureux.

La veuve à Calixte s'arrêta net de respirer. Puis reprenant une bonne gorgée de souffle, elle planta ses yeux dans ceux de Gélas et lui garrocha à la face:

— J'habitons icitte une parouesse qui va de l'est à l'ouest pis du nôrd au sû. Et c'te messager de l'autre bôrd qu'a décidé de revenir en visite sus son monde n'a point besoin de la parmission des genses du sû pour se montrer au boute du Chemin-des-Amoureux. Et j'ai pour mon dire, moi, que c't'apparition-là vous appartchent pas plusse à vous autres qu'au reste de la parouesse qui l'a nourrie et mise au monde, pas plusse au sû qu'au nôrd, pas plusse aux Gélas qu'aux Mélas qu'aux autres Tchaissie.

Gélas se tut. Mais il n'en garda pas moins un petit sourire qui laissait bien entendre à la paroisse et à la veuve à Calixte que le revenant était propriété et privilège des gens du sû. La veuve à Calixte le comprit fort bien et s'éloigna des amoureux en rongeant son frein.

…Ouais, ça faisait longtemps assez que les Gélas levaient le nez sur leurs cousins du nord. Ben pour qui c'est ouère qui se preniont, hein? Ils étiont-i' point sortis tout nus de l'Arche de Noé coume les autres? Ils se preniont-i' pour des Jonas sus le dos de la baleine? C'était pourtant point un Gélas qu'avait mis les ressorts aux sauterelles, ni broché les mouches à feu… Ben pour qui c'est ouère qu'i' se preniont, à fin du compte?… Un revenant dans le sû! C'était ben le reste. I' fallit qu'il allit dans le sû, c'ti-là! Coume si le nôrd du pont avait point des morts aussi dégourdis et entreprenants que ceuses-là du sû! Peuh!…

Et la veuve à Calixte défia le ciel dans un geste qui indiquait clairement aux morts le sens de leur devoir envers les vivants du pays.

Pendant que les Pointes, les Buttes, l'Anse et le Portage se réunissaient chaque soir au Chemin-des-Amoureux, vidant les forges et les granges, Mariaagélas se promenait discrètement sur la dune ou le long du petit barachois en méditant sur les vivants et les morts.

Et un bon matin, elle s'en vint accoster Casse-cou Collette et lui dit comme ça:

— Asteur, c'est le temps de l'envoyer ailleurs.

Casse-cou partit aussitôt sans dire un mot.

CHAPITRE VII

Soldat-Bidoche avait eu beau rapporter de la guerre une croix de bronze plus lourde que sa fouine à pêcher l'anguille, il n'en était pas revenu plus brave ou plus crâneur. Il avait toujours eu peur des morts, Bidoche, que voulez-vous! Peur de la nuit, des éloèzes, et du feu chalin. Or depuis quelque temps, il était servi. Surtout qu'il était persuadé que le revenant était revenu tout exprès pour lui, au Chemin-des-Amoureux, et que ça ne pouvait pas être autre chose que son père.

...Il avait assez brassé son fils tout le long de son vivant, son défunt père, qu'il ne pouvait pas le lâcher comme ça tout d'un coup, pour la simple raison qu'il était passé dans l'autre monde. Surtout qu'il était parti trop vite, le défunt, avant d'avoir eu le temps de régler ses comptes et de mettre ordre à ses affaires. On ne savait pas encore à l'heure qu'il est qui avait hérité de la charrette à foin et de la corde de bois en arrière de la maison; et on les avait laissées pourrir là plutôt que de s'emparer du bien d'autrui. C'était sans doute pour la corde de bois que son père était revenu.

Et puis il y avait des racontars aussi au sujet d'une dôré que le vieux Bidoche n'aurait pas eu rendue au p'tit Georges. Mais la bonne femme Bidoche soutenait que la dôré était partie au large au temps des marées hautes parce que tit Georges l'avait mal amarrée. Allez savoir!

— Ah! c'est point que je voulons nous mêler de ça, mais ça me r'semble qu'un défunt qui se doune le trouble de revenir sus la terre au boute de trois ans, il doit vous aouère un patchet de remords à l'embouchure de la conscience. Ça me r'semble qu'on vient pas de si loin pour une corde de bois.

Telle était l'opinion de la veuve à Calixte qu'elle exprima sans détours au vu et su des quatre coins du pays.

Ce à quoi ajouta Basile à Pierre qu'un revenant du calibre de Bidoche-père pouvait bien en effet faire son apparition au Chemin-des-Amoureux.

— C'est sûr qu'il arait point apparu sus la balustrade ou dans la niche à saint Joseph, c'ti-là.

Basile avait à peine terminé sa phrase que la forge fut saisie d'une nouvelle qui fit pâlir tous les racontars sortis du Portage ou de la Pointe-à-Jérôme depuis une couple de mois. Cette fois, les morts s'en mêlaient... On n'en avait pas assez des chicanes d'un bord à l'autre du pont, et des rivalités de deux forges qui ne ferraient même plus trois juments par automne, fallait que le diable en personne s'en mêle et que les défunts s'en viennent prendre parti pour le nôrd ou pour le sû! Et la paroisse leva le pied encore une fois et s'en fut cette fois-ci au Lac-à-Mélasse.

— C'est-i' ben le même?

— Ç'a tout l'air.

— Quoi c'est qu'i' y prend de se promener coume ça?

— Demande-y ouère pour saouère.

— Si c'est le pére au Bidoche, i' doit aouère ses raisons de s'en venir icitte.

— I' charche peut-être ben à retrouver la Bessoune.

— Oh!... i' blasphème le petit verrat! Coume si un môrt asteur pouvait encore se bodrer de ça.

Bien sûr, on accusa la veuve à Calixte. N'avait-elle pas prédit, pas plus tard que lors de la dernière apparition, que ce revenant-là appartenait à tout le monde, que le sû n'y avait pas droit plus que les autres et qu'un beau jour on verrait ce qu'on verrait?... Eh bien, on le voyait aujourd'hui! On voyait ce dont elle était capable, la bougresse!

Et la forge à Gélas commença à se demander si la sainte femme d'Église ne lisait pas en cachette le *Petit* ou le *Grand Albert*. C'était Mariaagélas qui avait laissé tomber cette supposition, comme par hasard, entre deux blasphèmes de son père.

Pendant que la supposition faisait son chemin hors de la forge, la veuve à Calixte se grattait la tête de toutes ses forces pour essayer de voir par quel miracle les morts avaient si bien entendu ses prières.

— Ça serait-i' ben que le vieux Bidoche était moins chenapan que je l'avions cru? Ou ben donc que ça serait point l'âme du Bidoche entoute?... Pourquoi

c'est ouère, asseurement, que ça serait-i' Bidoche
asteur? Et pis si c'était une sainte âme défunte en
pleine sarémonie de son estrême-onction, et qu'avait
tout achevé ses indulgences pléniéres avant de trépasser... Ben pourquoi c'est ouère qu'a s'en reviendrait sur
la terre?...

Et la veuve s'en alla perplexe.

Pendant ce temps-là, le Lac-à-Mélasse et tout le nord
du pont faisaient la figue aux gens du sû en leur criant
des noms que le sû n'était pas près d'avaler.

— Chatchun son heure, Gélas!

— Cordjé oui! Ben la darniére heure est pas encore
venue.

— A viendra au nord.

— Tu l'as dit. Et c'te heure-là sera la darniére de
tous les mangeux de melasse et les frippeux de béni-
tchers qui volent les morts dans les cimetchéres des
autres.

— Je sons point des voleurs. C'est les morts qui
changeont de bôrd.

— Je me fie point au monde qui vire son capot de
bôrd, moi. Gardez-les, vos branleux!

Et Gélas cracha par trois fois dans la direction du
nord; mais le vent était du noroît et son crachat lui re-
tomba sur le nez.

Les curés des paroisses voisines n'avaient pas encore
daigné se mêler des apparitions du Chemin-des-Amoureux. Mais avec le déménagement du revenant au Lac-
à-Mélasse, la situation devenait plus critique et le danger plus imminent. Danger de quoi? On ne savait pas
trop le formuler; mais on pressentait que le revenant

revenait pour quelque chose et que tôt ou tard il faudrait aux défenseurs de la foi user du pouvoir que le peuple leur attribuait: exorciser le mal et chasser les démons. Il se posait toutefois un problème à ces hommes d'Église: à qui appartenait l'âme de l'apparition? Le Chemin-des-Amoureux était bel et bien de la paroisse qu'on sait et qui avait été celle de Mariaagélas et de ses ancêtres depuis le retour de la Déportation. Mais le Lac-à-Mélasse? C'était un lac presque asséché aujourd'hui, mais qui tirait son origine de trois ruisseaux ou petites rivières relevant de trois paroisses distinctes. Le pauvre lac changeait donc de contours et de physionomie au gré et caprice de ses affluents et se déplaçait, par conséquent, d'une génération à l'autre, plus ou moins vers le nord, le nordet, l'est, le suète, le sud, le suroît, l'ouest ou le noroît, s'agrippant tantôt au Ruisseau-des-Pottes, tantôt à la Rivière-à-Hache ou à la Petite-Rivière. Chacune de ces paroisses avait donc à tour de rôle hérité du lac.

Les choses s'étaient gâtées le jour où le lac, fatigué de ronger des terres en friche et des racines pourries, avait décidé de croupir là et de stagner comme une mélasse gluante, à mi-chemin entre les paroisses les plus proches. Et les paroisses qui avaient déjà assez de marées à dompter avec leurs rivières, leurs étangs et leurs ruisseaux, avaient à peu près abandonné le lac à sa mélasse épaisse.

…Mais c'était des voisins hargneux, jaloux et carnassiers. Ils avaient toujours la bouche ouverte prête à dévorer un mocauque ou un pré qui appartenait à la Baie depuis les premiers colons. On avait beau relever les bouchures à chaque printemps, l'hiver suivant les abattait de nouveau et le Ruisseau-des-Pottes ou la Rivière-à-Hache s'arrangeaient pour reculer les lices et les piquets d'au moins vingt pieds. Alors figurez-vous l'état d'âme de ces voisins chicaniers en apprenant l'histoire du revenant. C'était trop fort. Et les curés comprirent qu'il faudrait en appeler à l'évêque.

Gélas prit alors sa voix de brise du sud et dit comme ça à Basile à Pierre :

— Ç'a tout l'air que le revenant sème le trouble au nord du pont. Ça serait' i' ben qu'i' s'ennuie du Chemin-des-Amoureux, le pauvre défunt ?

Basile à Pierre ne répondit pas. Mais l'idée lui vint que le Chemin-des-Amoureux pouvait bien être complètement désert depuis le grand déménagement.

Et comme si un génie avait soufflé en même temps la même idée à la veuve à Calixte, elle se mit aussi à penser à ce que pouvait bien faire le Chemin-des-Amoureux à l'heure qu'il est. Elle regarda passer le camion du grand Vital que Casse-cou Collette conduisait tout droit vers le Portage en prenant le chemin des vaches.

CHAPITRE VIII

Comme devait dire plus tard Basile à Pierre Crochu :

— Ces jours-là, le revenant profitait à vue d'œil.

En fait, ce n'était pas le revenant qui grandissait, c'était le public : le public qui, de plus en plus nombreux, s'en venait chaque soir applaudir les gestes et gibarres de l'apparition. Il venait du monde de partout : des Pointes et des Buttes, c'est entendu, et des deux Rivières ; mais aussi des paroisses voisines, et même depuis un certain temps du fond des terres. On contait que le camion d'engrais du garçon à Jude faisait de bonnes affaires à charrier les gens du haut du comté qui ne voulaient pas se faire enterrer sans avoir vu une fois dans leur vie un vrai revenant. Parce que celui-là, ce n'était ni du phosphore, ni du feu-chalin, il avait fait ses preuves. Quand le même revenant revient tous les soirs à la même heure, au même endroit et devant le même monde qui commence par s'affoler, comme il se doit, puis s'habitue petit à petit et s'enhardit… ah ! ce type de revenant-là, c'est pas de la paille, il faut pas faire les dédaigneux.

Et la foule continuait de grandir et de s'amplifier.

Mais l'automne avançait, lui ; on en était rendu aux Avents. On avait chanté deux fois déjà le « Venez, divin Messie ». Et on s'en allait rapidement vers les « O, O, O » du dimanche rose.

Allait-on grimper jusqu'à Noël, vraiment, avec ce revenant dans l'échine ? Les curés commençaient à s'inquiéter sérieusement. Pas seulement les églises se vidaient, mais les réunions du Lac-à-Mélasse s'achevaient invariablement dans un genre de fête tout à fait en désaccord avec le calendrier liturgique. Il faudrait prendre les grands moyens.

Les grands moyens, c'était l'évêque, la police, Ferdinand. Sur la police et l'évêque, on se mit vite d'accord : il n'y avait le long des côtes, qu'un évêque et une police légitimes. Mais le Ferdinand ? Personne n'avait encore jamais mis en doute la légitimité du Ferdinand pêcheur, bûcheron, habitant des côtes et descendant des déportés du Grand Dérangement. Ce Ferdinand-là, tout le monde le savait, se nourrissait de la même farine et du même lard que ses voisins, et se vêtait de la même étoffe du pays. On l'avait toujours respecté, d'un bord à l'autre du pont, et même en haut des rivières. C'était sans doute la raison pour laquelle le gouvernement l'avait choisi. Mais justement, c'est le gouvernement qui l'avait choisi, et sans consulter les pointes, les buttes, ni le pont… Qu'est-ce qu'il en savait, lui, le gouvernement, des choix et préférences de ces gens ? Qu'est-ce qu'il en savait, hein ?… Depuis qu'il était devenu douanier, Ferdinand ne recevait plus de tapes sur l'épaule dans la forge des Gélas ou celle des Allain, et sa grange se vidait de soir en soir. Ce cerne de froid qui entourait maintenant la personne de Ferdinand fit dire un matin à Basile à Pierre :

— Faut que chacun vive. Mais c'ti-là qui vit en mettant la main dans la trappe des autres, i' pourrait un jour y laisser le bras.

Basile ne parlait pas à travers son chapeau. Sa demi-forge ne pouvait pas le faire vivre, lui et les siens. Alors il pêchait en saison. En saison et hors saison. C'est pourquoi il savait qu'un jour ou l'autre un officier pouvait mettre la main sur ses trappes.

Mais depuis la Toussaint, les officiers et Ferdinand n'avaient plus le temps de s'occuper des trappes. Trop d'événements les avaient menés du Chemin-des-Amoureux au Lac-à-Mélasse.

Mariaagélas en riait toute seule dans son lit.

Mais où se tenait-elle, la Maria, en fait ? Pourquoi ne venait-elle pas comme tout le monde au Lac-à-Mélasse ? Elle ne serait pas par hasard occupée ailleurs pendant ce temps-là ?… La veuve à Calixte s'en voulut de n'y avoir pas pensé plus tôt. Un revenant qui apparaît, qui déménage, qui attire des foules, et Mariaagélas qui s'en désintéresse ?… Du coup, la veuve à Calixte enfonça son béret sur l'œil et s'en fut à la forge des Allain.

Elle n'eut pas le temps d'apprendre quelque chose à Basile qui en savait déjà plus long que la veuve sur les tout récents événements : les Gélas venaient d'acheter le bœu' de garde à Ferdinand !

— Les Gélas ! Gélas avec le bœu' de garde ! Mais pour quoi faire ? Les Gélas qu'avont même pas une poule à faire pondre, les v'là avec un bœu' à l'heure qu'il est !

Basile s'esclaffa.

— Un bœu', ça fait pas pondre les poules, qu'il dit.

— Ben les Gélas, i' avont pas une sacrée vache non plus. Et pour quoi c'est faire un bœu', à votre dire?

— Ben je pourrais t'expliquer, la veuve, si t'as tout oublié.

— Arrête de bêtiser, Basile, quand c'est qu'y a des pareilles chouses qui se passont juste icitte sous nos pieds et que j'en savons ni le long, ni le court. Tu sais ben qu'un bœu' de garde sus les Gélas... y a de quoi là-dessous.

— Dessous, derriére ou devant. Et devant le bœu', c'est la forge.

La forge!... En effet, le bœu' était planté là, en plein devant la forge des Gélas à sentir la bagosse qu'on y bagossait jour et nuit. Pourquoi pas un bœu', après tout? C'est plus fort qu'un chien de garde, et plus mauvais. La veuve à Calixte commençait sérieusement à agencer les bouts d'une histoire qui de jour en jour se compliquait. Un revenant, un bœu'...

...Un bœu' pour garder la forge des Gélas, mais le revenant, lui?... Le Lac-à-Mélasse aurait-il quelque chose à cacher?

— Peut-être pas le Lac, mais le Chemin-des-Amoureux.

Basile avait dit ça comme ça, à tout hasard. Apparemment. Parce qu'au fond, les gens du pays savent que chez eux, on ne parle jamais au hasard. Un revenant de l'allure du vieux Bidoche était apparu au Chemin-des-Amoureux, puis du jour au lendemain, avait charrié toute sa foule de curieux au Lac-à-Mélasse, laissant le Chemin-des-Amoureux à ses chardons et à ses... Mais à quoi au juste? et à qui?...

...La veuve à Calixte sentit fricasser dans sa rate et

ses reins une sorte de pressentiment ou d'idée vague de quelque chose.

— Hé! qu'elle jeta à la face de Basile à Pierre en franchissant le perron de sa forge dans une splendide enjambée.

Puis elle remit son béret d'aplomb et s'en fut chez le Ferdinand.

Ferdinand, depuis qu'il était douanier, fumait parfois avec les officiers de pêche et même avec l'agent de police qui faisait son petit tour à chaque lune le long des côtes. Dans l'ancien temps, les pêcheurs du nord et du sud se relayaient pour accompagner les inspecteurs dans leur ronde et leur tournée et ainsi mieux les faire tourner en rond le plus loin possible des lieux stratégiques. On trouvait toujours moyen, par exemple, d'éviter la cabane à Polyte, le bois des Collette, le goulet du barachois, et l'on sifflait un certain refrain à cent pieds de la forge des Gélas. C'était sûr et commode. Mais voilà que le Ferdinand avait été fait douanier, à la surprise et à l'insu de tout le monde. Pourtant, il avait toujours été honnête, Ferdinand, juste et bon voisin. Alors pourquoi tout à coup douanier? Tut, tut, tut!

— Et pourquoi pas douanier? se dit la veuve en enfilant le pont qui reconnut son pas et se mit à danser.

En tout cas, voulu ou pas, il était douanier: autant en profiter. Et la veuve à Calixte, avant le soir, avait fait à la douane et à la police son petit rapport sur les bœufs de garde de sa paroisse qui s'en viennent maintenant garder les forges du pays.

Casse-cou Collette avait l'air de rien, mais après la veuve à Calixte, c'était l'homme le plus renseigné sur les allées et venues et sur la vie privée de chaque citoyen de l'est du comté. Il lui arrivait donc parfois de connaître aussi les démarches secrètes de la veuve à Calixte. Ce soir-là, il l'avait aperçue qui sortait du pont et prenait le chemin de traverse vers la grange à Ferdinand. Elle ne s'était pas rendue cependant à la grange, mais à la maison, à la maison du douanier.

Casse-cou Collette comprit qu'il lui fallait agir vite. Le grand Vital? À cette heure-là, le grand Vital était introuvable ou inaccessible. Il restait la Maria.

Mariaagélas faisait confiance à la vie. Elle avait toujours su qu'un jour ou l'autre les hommes viendraient à elle sans passer par le grand Vital.

Les deux inspecteurs de police furent très déçus ce soir-là de ne rien trouver dans la forge des Gélas, pas même Gélas. Le bœu' de garde ne gardait rien. Et ils se promirent de remettre la prochaine fois cette veuve à sa place. Mais la veuve n'était pas dupe. S'il n'y avait rien dans la forge, c'est que le forgeron s'était douté de quelque chose. Le forgeron, ou sa fille. Elle ne perdait rien pour attendre, la Maria.

— Beu-eu! fit la veuve à Calixte à la face de la bête encornée qui grattait le sol avec l'air de dire : «Approche pour voir. »

Non, elle n'approcherait pas tout de suite, la sainte femme, parce qu'elle avait sa petite idée en tête, elle aussi. Une petite idée qui louchait du côté du Chemin-des-Amoureux.

Quand Mariaagélas, ce soir-là, se rendit comme tout le monde au Lac-à-Mélasse, elle fut fort étonnée de n'y pas trouver la veuve à Calixte.

CHAPITRE IX

C'était devenu une très grosse affaire. Le Lac-à-Mélasse avait pris dans tout l'est du pays des proportions qui faisaient pâlir et calouetter les rivières et les ruisseaux. On en parlait dans toutes les granges, les forges et les cabanes à éperlans ; on l'analysait du haut de la chaire et aux ministères de la pêche et de la voirie ; et les femmes de la paroisse s'essoufflaient à brasser du fricot pour nourrir les foules sorties des concessions. Toute cette charivari faisait de la plus humble apparition jamais apparue, la rivale de Lourdes et de Fatima. Et la vieille Sarah Bidoche s'amenait chaque soir avec son cruchon cueillir l'eau gluante du lac pour en frotter ses rhumatismes.

La ligue du Sacré-Cœur avait délégué trois hommes auprès de l'évêque pour discuter les plans d'une chapelle ou d'un sanctuaire ; mais l'évêché avait reçu déjà les marguilliers des paroisses les plus voisines du Lac que cette apparition ennuyait beaucoup. L'Église préférait se montrer neutre et circonspecte.

Du côté des ministères, on n'était pas plus audacieux. Le député du comté venait de subir son second infarctus en deux mois, et on calculait déjà qu'il ne survivrait pas aux Fêtes. En cas d'élections complémentaires, le parti au pouvoir comptait sur les votes de la Baie, des Pointes, de la Butte-du-Moulin et du Portage. Or l'opposition commençait déjà sa petite enquête sur l'affaire du revenant. Où cela pouvait-il mener? On craignait le pire et mieux valait se montrer prudent. On savait d'expérience que toute enquête bien faite aboutit invariablement à un bureau gouvernemental; et qu'on finit toujours par dénicher un scandale qui entraîne une chute du pouvoir. Mais cette fois, ni le pouvoir, ni l'opposition n'eut le temps de se saisir de l'affaire: elle était déjà saisie tout entière par l'œil, les mains et l'âme de la veuve à Calixte.

Elle n'avait pas perdu de temps, la veuve à Calixte. Quand elle eut bien compris qu'il existait un lien certain entre le bœu' de garde des Gélas et le revenant, elle fut assurée que Mariaagélas trempait dans le coup. Où et comment? ça restait à découvrir. Mais il fallait de toute urgence éventer l'affaire. La veuve s'en chargea.

On devait se demander longtemps au pays, dans les années à venir, comment la veuve à Calixte avait pu réussir seule ce combat contre le fantôme le plus tenace qu'on avait encore connu. Mais c'était sous-estimer cette femme qui avait pourtant de bien plus importantes victoires à son crédit. C'est elle, et non pas les chiens de l'armée, qui avait flairé la cachette des déserteurs dans le mocauque du Bois-Brûlé, et c'est elle qui avait repéré la fille des Babineau que tout le monde pensait au couvent, et qui venait secrètement de donner naissance à des bessons à la crèche, des bessons bien portants, pour son malheur, et résolus à vivre. À elle seule, la veuve à Calixte valait un service d'espionnage ou une commission royale d'enquête, elle était donc de taille à mener l'affaire du Lac-à-Mélasse : le revenant du Lac-à-Mélasse qui était au fond celui du Chemin-des-Amoureux.

Et c'est là où la veuve déploya tout son génie : elle comprit que l'enjeu se jouait au Chemin-des-Amoureux et non au Lac-à-Mélasse. Le revenant était une couverture : restait à découvrir ce qu'il couvrait.

Casse-cou Collette vint une nuit réveiller Maria en toute hâte.

— Les vaches sont dans le blé d'Inde, qu'il lui siffla de la fenêtre.

Mariaagélas sauta du lit et enfila son mackinaw. Elle avait compris. Fallait faire vite. Et chaussant les bottes de son frère Charles, elle prit le bois avec Casse-cou.

Les contrebandiers avaient l'habitude des bois, comme des côtes. Mais les officiers commençaient à l'avoir aussi. Et depuis un certain temps, les bêtes de la forêt devaient se demander ce qui se passait chez les hommes pour qu'ils viennent si souvent déranger leur sommeil en pleine nuit. En effet, depuis la loi de la prohibition qui plongeait toute l'Amérique du Nord dans la plus grande sécheresse jamais vécue, les bois, les cours d'eau et la mer assistaient à des danses de voiles ou de charrettes qui charriaient des milliers de cruches et de tonneaux. Mais tôt ou tard, les officiers capturaient une charrette ou un voilier, et expédiaient des hommes derrière les barreaux. La prouesse des contrebandiers consistait donc à tenir le plus longtemps possible.

La veuve à Calixte connaissait tout ça, et savait par conséquent qu'un jour ou l'autre le sort tomberait sur Mariaagélas comme sur les autres contrebandiers. Mais la veuve à Calixte avait oublié une chose : Mariaagélas n'était pas un contrebandier, mais une contrebandière.

De son côté, Mariaagélas avait négligé de reconnaître les attributions de la veuve, s'imaginant que sa fonction se limitait à de petits commérages de bénitier ou de bureau de poste. Depuis belles années, pourtant, la veuve à Calixte débordait chaque saison son rôle et étonnait tout le monde.

…Elle devait, cette nuit-là, étonner même Maria qui faillit y laisser des plumes. Mais Maria sentit la mèche avant de déboucher au Chemin-des-Amoureux et fila du côté du goulet. Elle envoya aussitôt Bidoche pêcher son anguille au grand barachois.

— Ben, y en a point d'anguilles dans c'te vase-là, qu'il dit, le pauvre Bidoche.

— Va, va, grouille-toi. Pis passe par le Chemin-des-Amoureux.

Et Mariaagélas l'expédia si hardiment que le pêcheur n'osa plus s'interroger. D'ailleurs il aurait tout le temps pour s'interroger en tôle, le Bidoche, car en arrivant au Chemin-des-Amoureux, il donna tête première dans le piège.

Cette nuit-là, les officiers de pêche et de police allaient boire longuement au succès de leur expédition, débouchant l'une après l'autre les cruches saisies au nom de la loi.

— Au nom de la loi, hurlait le plus saoul d'entre eux, en tapant gentiment sur l'épaule de Soldat-Bidoche qui riait de toutes ses dents sans rien comprendre.

Mais la veuve à Calixte n'était pas dupe. Le coup avait raté.

— Je l'aurai, la bougresse, qu'elle dit entre ses dents en remontant le pont au petit jour.

Mariaagélas de son côté trouvait que la veuve en avait assez eu pour une première embardée. Une charge complète de camion, mon Dieu! et une cachette éventée. Elle s'était dépassée, la veuve, sacordjé! On devait tout de suite prévenir le grand Vital: désormais, fallait compter avec la veuve.

— Y a t-i' moyen de l'acheter?

— Non, l'amarrer, la garce.

Mais Mariaagélas parlait sans conviction. Elle savait bien au fond que si la plus célèbre commère du comté n'était pas à vendre, elle était encore moins amarrable. Non, il fallait trouver un autre moyen de l'avoir, la vieille toupie.

Pendant qu'au Chemin-des-Amoureux se déroulait cette lutte entre deux femmes pour la suprématie sur les côtes, au Lac-à-Mélasse se jouait un combat épique pour les droits sur le revenant entre la Rivière-à-Hache et le Ruisseau-des-Pottes.

— Vous êtes rien qu'un russeau, toujou' ben, huchaient les gens de la Rivière.

Ce à quoi le Ruisseau répondait:

— Ben notre russeau a des truites; votre rivière, des barbeaux.

— Des truites piquées de vers! criait l'un.

— Ça vaut mieux que des barbeaux esclopés! ripostait l'autre par-dessus son pont couvert.

C'est au milieu de cette joyeuse charivari que descendit le prélat domestique, ceinturé et chaussé de rouge. L'évêque avait décidé finalement de prendre en main l'affaire de l'apparition et venait de déléguer son prélat pour investiguer sur les lieux. L'enquêteur s'était renseigné sur l'heure exacte des apparitions, pour ne pas y sacrifier une trop grosse part de sa nuit, et se trouva par conséquent à déboucher sur le terrain au moment où les esprits étaient déjà fort échauffés.

Ce qui s'est passé cette nuit-là entre le Ruisseau-des-Pottes et la Rivière-à-Hache fait l'objet de profondes divergences entre les conteurs et les chroniqueurs de mon pays. Certains accusent le Ruisseau, d'autres la Rivière, d'autres enfin veulent faire porter tout le blâme au Lac-à-Mélasse qui semblait tenir à garder tout le revenant pour lui. L'un veut que l'on ait attaqué du bois ou de la côte, et Thaddée à Louis continue de croire qu'on a fait une descente directement par le chemin du roi. Tout ce qu'on sait de sûr, c'est qu'on se battit toute la nuit, se disputant le revenant pièce par pièce sous l'œil ébarroui du délégué de l'évêché; et qu'au matin, chaque paroisse resta bredouille en se découvrant entre les mains des lambeaux de peau de revenant, blanche comme un drap.

Chacun retourna à sa corde de bois ou à ses filets de pêche, perplexe et honteux, n'osant fouiller ni son cœur, ni celui de son voisin.

Personne cependant ne sut jamais le contenu du rapport que fit le prélat à son évêque. Mais déjà le lendemain, l'histoire circulait par toute la Baie, contournant les pointes et sautant les buttes, que cette escarmouche était l'œuvre en-dessous de la veuve à Calixte qui avait juré au revenant d'avoir sa peau.

CHAPITRE X

Toute la matinée les hommes de la Baie avaient fait la navette entre la forge des Gélas et celle des Allain. On allait et venait sur le pont comme à la veille d'un pique-nique ou d'un débarquement. La mer, grise et houleuse, avait tout l'air de se mêler de ce qui ne la regardait pas et roulait des flots d'écume jusqu'au goulet.

— Y a de la neige dans le temps, dit Ferdinand à la veuve à Calixte qui se dirigeait vers l'église faire ses avents.

...Il ne lui restait pas tellement de temps à la veuve pour compléter ses quatre mille «Divin Enfant-Jésus, venez naître dans mon cœur». Quatre mille invocations en un mois, c'était mille par semaine, donc soixante-sept environ par jour si on exclut le dimanche déjà assez chargé comme ça avec ses vêpres, sa supplique et son salut du Saint-Sacrement. Elle arriverait tout juste, cette année, et tout ça par la faute de cette forlaque de Mariaagélas qui lui avait pris son plus beau temps.

— Hé oui, j'arons de la neige aujourd'hui ou demain, répondit-elle à Ferdinand qui pensait déjà à autre chose.

Quant à ça, la veuve aussi pensait à autre chose. Ou cette chose la pensait. Depuis la mort du revenant, le pays se morfondait d'ennui et de désœuvrement. Quelques-uns avaient continué à se rendre chaque soir au Lac-à-Mélasse, par habitude, puis s'étaient lassés, et le lac avait repris son visage de mélasse épaisse et gluante. Pourtant, Mariaagélas n'en demeurait pas moins affairée. Et le Casse-cou roulait depuis quelques jours un camion flambant neuf. La saisie du Chemin-des-Amoureux n'avait donc pas ruiné le grand Vital… Fallait qu'il ait bien des ressources, le voleur. Et que la Maria ait bien des cachettes. Fallait que…

La veuve s'arrêta net.

…Le bœu'! Le bœu' de garde à Ferdinand rendu chez les Gélas. Elle l'avait oublié, celui-là. Mais on ne peut pas tout faire, ni penser à tout. La pauvre femme avait déjà un revenant sur les bras, on ne pouvait pas lui demander de s'occuper aussi du bœu'.

…Mais elle l'avait eu, le revenant. Un drap, figurez-vous, un drap noir d'un bord et blanc de l'autre, qui tournaillait sur une poulie! Heh! pas si sotte la fille des Gélas, faudrait s'en rappeler. Et dire que ç'avait fait courir toutes les paroisses et jusqu'aux concessions, cette machine-là. Et pendant ce temps-là, pendant que le revenant attirait les foules et les gardiens de la paix au Lac, le Chemin-des-Amoureux faisait des siennes entre la dune et le barachois. Pas bête, la Maria. Faudra la tenir à l'œil… Mais d'abord le bœu'.

La veuve à Calixte remit au lendemain son quota de «Divin Enfant-Jésus» et rebroussa vers la grange à Ferdinand.

Le village continuait de s'affairer entre les deux forges, sous le bruit de plus en plus fort de la mer qui bavait maintenant du varech dans son écume.

— C'est-i' fini?

— Ouais. I' va y passer l'hiver.

— I' y avont baillé six mois, au Bidoche. Six mois de prison pour charriage illégal de rhum et de whisky blanc.

— Ben i' savont ben, les godêches, que c'est point le Bidoche.

— Ils le savont, ben ils le savont pas. Apparence qu'ils l'avont pogné la main dans le sac.

Basile à Pierre toisa Polyte qui haussa les épaules et se tut.

Tous ces hommes le savaient, eux, qui avait fait le coup. Bidoche payait pour les autres. Mais il était sans défense, le Bidoche. Il était même convaincu qu'on l'avait coffré pour pêche illégale. Il pêchait l'anguille la nuit, au fanal. Ce soir-là, il en avait même pris trois, au fond du petit barachois.

— Ça y ferait deux mois par anguille, l'innocent.

Oui, Bidoche lui-même trouvait que c'était beaucoup, mais il n'était pas éloquent, Bidoche, et n'avait pas d'avocat.

Basile songea que la seule façon de libérer Bidoche était de livrer les vrais coupables. Il n'avait jamais aimé les Gélas, Basile, et appréciait mal les succès de Casse-cou. Mais en cour, il faut des preuves. Et puis, pour ces hommes des côtes, en face de la loi, il n'y a plus d'ennemis. On crachera sur son voisin, on le pavoisera de fumier, on l'attaquera à coup de fourche; mais aller jusqu'à le trahir… ça… Basile se dit qu'il valait mieux attendre.

La veuve à Calixte n'avait pas les mêmes scrupules. Une femme qui récite chaque jour son rosaire, son chapelet du Sacré-Cœur et celui du Saint-Esprit ; qui n'a jamais mangé gros comme son petit doigt de saucisse le vendredi ; et qui gagne en moyenne cent neuf mille cinq cent trente jours d'indulgences par an, sans compter les plénières… une femme comme celle-là n'a pas à craindre pour son salut. Elle peut donc à l'occasion égratigner l'honneur et le repos d'autrui sans que le Bon Dieu ose se renfrogner.

Et la veuve entra résolument dans la grange à Ferdinand.

Mais le Ferdinand avait trop de soucis depuis qu'il était douanier pour s'embarrasser de ceux de la veuve. Il avait vendu son bœu' aux Gélas qui le lui avaient payé comptant, partiellement en argent, partiellement en hareng sec et en morue salée. Voilà tout. Il l'avait vendu parce qu'il n'en avait plus besoin, parce qu'il n'avait plus le temps de le promener d'une ferme à l'autre, parce que Gélas lui avait fait une offre honorable à la satisfaction des deux. Après quoi, il n'avait point l'intention de dire un mot de plus à la veuve à Calixte qui restait sur sa faim.

Elle allait déjà lever le pied, la veuve, quand elle aperçut dans l'aire, entre les foins, le goulot d'un cruchon… Ça serait-i' que le douanier ferait sa petite provision des Fêtes à même les saisies des côtes ? La veuve à Calixte rentra machinalement ses oreilles sous son béret et détourna les yeux du foin comme quelqu'un qui n'a rien vu. Puis passant le seuil de la grange, elle lança au Ferdinand au hasard :

— Chacun son idée là-dessus. Moi j'arais cru qu'un houme doit pas lâcher son bœu' de garde aussi tant longtemps qu'il a encore de quoi à garder.

Et la veuve partit vers l'église.

Cette journée ne lui vaudrait rien, décidément. Inutile de l'émietter davantage. Autant en profiter pour s'avancer dans les invocations. Elle avait déjà deux jours de retard en «Divin Enfant-Jésus» et rognait depuis quelque temps sur le capital de ses indulgences. À la fin, c'était un revenant qui lui avait coûté cher. Mais elle avait eu sa peau. Il lui restait à attraper la Maria, maintenant, et sa gent de Gélas. Et puis qui sait? Le Ferdinand? Ça lui paraissait louche ce troc de bœu' avec des morues. Et des cruchons camouflés dans le foin, par-dessus le marché. Il faudrait voir à tout ça.

«Divin Enfant-Jésus, venez naître dans mon cœur.»

Le bœu' était planté là, en plein devant la forge, et n'avait point voyagé de parc en parc encore.

«Divin Enfant-Jésus, rendez mon cœur semblable au vôtre.»

La neige pendrillait déjà dans le ciel et le bœu' ne bougeait pas. Allait-on lui faire passer l'hiver dehors?

«Rendez mon âme semblable au vôtre... Divin Enfant-Jésus...»

On était à dix jours de Noël et personne n'avait encore songé aux boîtes des pauvres. Bien sûr, fallait pas compter cette année sur la vieille Pierre Crochu, ni sur Sarah Bidoche, ni sur le curé... Ah! celui-là! Depuis la rivalité des paroisses voisines du Lac-à-Mélasse, il boudait le Tiers-Ordre et les confréries. Ce n'était pourtant pas la faute des Dames de Sainte-Anne.

L'évêque avait pris seul la décision de déléguer son prélat domestique.

«Divin Enfant-Jésus, venez naître dans mon cœur.»

Il avait mauvais caractère, le curé. Et c'était pas un saint comme son prédécesseur. Celui-là avait su faire confiance aux femmes dévouées de la paroisse.

«Divin Cœur de Marie…»

Tiens, tant qu'à y être, autant préparer sa confession de Noël. Ça sera fait et l'accusation passera plus vite. Parce que la veille de Noël…

— …Y a les donuts, pis la piroune, pis la place à forbir, pensa la veuve, i' reste pas grand temps pour la confesse.

«Mon père, bénissez-moi parce que j'ai péché.»

Oh! cette année, elle n'avait pas grand-chose sur la conscience, la veuve à Calixte. Trop occupée par les Gélas pour s'arrêter aux mauvaises pensées. Puis achevé toutes ses neuvaines, chanté fidèlement les vêpres, jamais avalé une goutte d'eau avant la communion… Elle avait visité les pauvres de la paroisse aussi. Le curé avait eu raison de le souligner: pour les visites, la sainte femme n'était jamais en dessous.

«Divin Enfant-Jésus…»

…En dessous! Le bœu' des Gélas! On n'avait rien trouvé dans la forge. Ni dans la cabane. Ni à la côte. Mais le bœu' restait là. Il gardait la cachette de la Maria. Où? En dessous?…

La veuve à Calixte enfourna d'un seul geste tous ses péchés dans sa conscience et rentra son chapelet dans sa poche. Il fallait y penser. C'était simple.

«Divin Enfant-Jésus… Divin Enfant-Jésus… Divin Enfant-Jésus…»

Elle arriva tout essoufflée chez les Gélas. Et plantant ses yeux pointus dans ceux du bœu' de garde :

— À nous deux, dit-elle.

Mais à ce moment-là, Maria sortit de la forge et aperçut la veuve qui causait avec la bête.

« Divin Agneau de Dieu, venez paître dans mon cœur », répéta machinalement la veuve en égrenant son chapelet sur le pont.

Puis levant la tête vers le ciel, elle reçut dans l'œil le premier flocon de l'hiver.

CHAPITRE XI

«Divin Enfant-Jésus, venez naître dans mon cœur.»

Plus que trois jours avant Noël, et il restait à la veuve à Calixte près de mille invocations et quatre jours de neuvaine à compléter. Faudrait faire du deux dans un, ou enjamber la Fête. Si elle avait moins traîné au Chemin-des-Amoureux, aussi, puis au Lac-à-Mélasse. Mais pouvait-on savoir que le revenant n'était rien qu'un drap, et une machination de la Mariaagélas, par-dessus le marché? Elle lui paierait ça, la Maria, crains pas. Parce qu'il restait le bœu', et la veuve était de plus en plus sûre de quoi il retournait, celui-là.

«Divin Enfant-Jésus…» mon Dieu séminte! la confesse… Ah! c'était la pire année jamais connue à la paroisse. On envahissait jusqu'au confessionnal, figurez-vous! C'était plein de gens des concessions là-dedans. On n'avait jamais vu ça: les vieux renards s'en venir faire leurs pâques à Noël. Fallait qu'on ait un paquet de remords sur l'estomac pour remplir comme ça les bancs de la grande allée et allonger la file des pécheurs de la niche de saint Antoine à l'Ecce Homo. C'était encore la faute du Lac-à-Mélasse. Pouvait-on s'imaginer que tout ce monde fringant-là allait passer ses plus belles veillées d'automne, collé l'un sur l'autre, à se lorgner, et se pivarder, et se… Ah y avait de quoi venir en foule à confesse, je crois-ti' ben! La veuve pouvait bien avoir raté son tour.

…Mais ça serait pas dit qu'elle manquerait pour la première fois sa confession de Noël. Non, ça serait pas dit. S'il fallait, elle se faufilerait dans les rangs. Parce que jamais la veuve à Calixte ne se permettrait d'approcher de la Sainte Table, en pleine Messe de Minuit, avec une âme qui n'aurait pas été lavée et fourbie de la veille. Elle n'aurait pas grand-chose à dire, cette année, elle n'avait rien fait… mais elle pourrait toujours se rabattre sur sa vie passée… ou ses péchés d'omission. Avait-elle nourri ceux qui ont faim?… vêtu ceux qui sont nus?… Oui. Visité les prisons?… Ah! pour ça, les prisons, ça ne regardait pas la veuve à Calixte. Tout de même…! Fallait pas la prendre pour une Gélas, toujou' ben! Elle n'avait personne en prison, elle.

…Y avait le Bidoche, pourtant. Le pauvre innocent qui payait pour les autres. Ah! si elle était la loi, elle… Mais elle ne perdait rien pour attendre, la Maria! Pendant ce temps-là, le Bidoche n'était pas moins en prison et il allait y passer les Fêtes…

La veuve à Calixte avait une gueule prodigieuse et des oreilles inouïes. Mais ses sens hypertrophiés ne lui avaient pas englouti le cœur. Elle était généreuse, la sainte femme, pour ceux qu'elle n'avait pas encore décidé d'écorcher ou d'écrabouiller. Elle avait des tripes et même du sentiment… Il était seul, Bidoche, en prison, et il y passerait la Noël, peut-être ben sur la paille. Il n'avait pas mérité ça ; fallait faire quelque chose.

— Ben grouillez-vous les fesses, qu'elle hucha à Basile et aux traîneux de la forge qui fumaient tranquillement au-dessus de l'enclume. Allez-vous laisser un pauvre esclave se faire manger par les vers et par les rats en pleine nuit de Noël, asteur ? J'avons-ti' jamais vu une honte pareille dans la parouesse ?

Les hommes de la forge prirent quelques secondes à se ressaisir, puis finirent par comprendre qu'on parlait de Bidoche.

Pendant que dans la forge des Allain, au nord, roulaient entre la mailloche et l'enclume les mots ronflants de « loi », de « justice » et de « droit pour tous », au sud, chez les Gélas, Maria se rongeait les sangs pour trouver un moyen de sauver Bidoche. Il était tombé dans le piège à sa place, le Bidoche, et après qu'elle l'y eut poussé. Et le pauvre ne savait toujours pas quelle faute il expiait. Le gardien avait rapporté que le prisonnier se plaignait tout haut dans sa cellule d'avoir à passer l'hiver en prison pour trois anguilles.

Mariaagélas sentit grouiller dans ses reins un mélange de compassion et de culpabilité. Et décrochant du clou d'un coup sec son mackinaw, elle fonça sur la route qui séparait le portage du pont.

Elle marchait vite, la Maria, mais sans savoir encore où la menaient ses pas. Quand soudain :

— Mais c'est la chipie à Calixte ! Où c'est qu'a' va coume ça ?...

La chipie à Calixte s'en allait où la charriait le vent, de l'est à l'ouest et du nord au sû. Elle traversait le village comme la sorcière de la Toussaint sur son balai, semant à toutes les portes et sur tous les toits des pleins paniers de remords et de bons sentiments... Quoi c'est qu'il avait fait, le Bidoche, pour passer Nouël en prison?... La faute de qui c'est ouère qu'il payait?... C'était-i' chrétien, ça, de laisser un houme sur la paille, pendant que la parouesse, bien au chaud, chanterait le «Ça bergers, assemblons-nous»?... Ça serait-i' dit parmi notre descendance, dans les années à venir, que la Pointe-à-Jérôme et la Pointe-à-Jacquot, que la Butte-du-Moulin, le Portage et le Ruisseau-des-Pottes avaient laissé faire ça?...

Et elle filait, la veuve à Calixte, de porte en porte et de clayon en clayon, grimpant des dunes et enjambant des bouchures, déroulant le chemin du roi qui vibrait affolé.

Mariaagélas, l'œil plissé, regardait passer cette semeuse de trouble et ne disait rien.

Mais cette avant-veille de Noël, sur la paroisse engourdie de neige et de tranquillité, ce n'était pas du trouble que semait la veuve, non, c'était de la honte et de la pitié.

— Vous n'avez pas honte de laisser Bidoche tout seul à faire pitié la nuit de Nouël?

Ben oui. La paroisse se mit à avoir honte. On n'était pas des monstres, ni des cœurs de bois. Et personne au pays n'en avait jamais voulu à Bidoche, même quand il était revenu de la guerre avec sa croix. D'ailleurs ce serait impossible de le jalouser, le pauvre, devrait-il revenir couronné. En dehors de son unique exploit militaire, qu'il avait accompli bien malgré lui, il n'avait rien fait d'autre dans sa vie que pêcher des coques, des palourdes et de l'anguille.

— Faut ramasser pour Bidoche, huchait la veuve. Chacun un petit présent pour y faire un bénaise de Nouël.

Et la paroisse s'acharna à préparer le Noël de Bidoche. Du fricot, des poutines, de la râpure, des galettes à la mélasse…

— Ils allont le faire corver, pour l'amour de Dieu!

…Du pain doux, des donuts, de la tarte aux citrouilles… Et pis un jeu de cartes, et des dames, et un domino… La vieille Pierre Crochu entreprit de lui tricoter des chaussettes et Boy à Polyte enveloppait ses gumrubbers dans du papier de soie.

…Ça serait un beau Noël pour Bidoche, un beau Noël…

Et la veuve, emportée tantôt par le nordet, tantôt par le suroît, continuait de planer sur les dunes, les champs et les toits en semant ses cris de honte et de compassion.

Elle avait semé toute la semaine, la chère femme, allant jusqu'à en oublier sa confession et ses quatre mille divins enfants Jésus. Aussi entra-t-elle à l'église tout essoufflée sur le coup de minuit, pour trouver les trois allées encombrées de pics, pelles, fourches, fouines, harpons, haches et hachettes : les gens des côtes n'avaient pas l'habitude d'assaillir une prison — fût-ce pour la combler de présents de Noël — et s'étaient munis à tout hasard d'armes défensives.

Et c'est ainsi qu'au sortir de la Messe de Minuit, et sur l'instigation de Basile à Pierre qui entonna le «Sacorgjé, rassemblons-nous!», la paroisse forma la plus longue procession jamais montée à la Fête-Dieu, et fonça sur la prison.

Ici il manque, pour éclairer cette nuit de Noël, quelques documents que les chroniqueurs de mon pays ont inconsciemment ou sciemment égarés. Aurait-on, comme certains veulent le croire, attaqué la prison et enfoncé les portes? Ou plus simplement, le spectacle de cette horde ébouriffée et piaillante aurait-il jeté la panique chez les gardiens? On le saura peut-être un jour. À date, on n'est sûr de rien, sinon de ceci: pendant que la foule fustigeait la garde et béatifiait le prisonnier, Bidoche, agrippé aux barreaux, s'efforçait de comprendre ce que les gens de son pays lui voulaient... Sa mère lui avait dit, quand il était enfant, que c'était grave de pêcher la nuit, au fanal, dans les eaux défendues. Pourtant, il n'avait pas volé rien à personne, ni fait des grimaces à personne, ni sifflé après le chien de personne. Pourquoi donc étaient-ils tous là, la nuit de Noël, à brandir des fourches et des hachettes sous sa fenêtre?...

...Soudain, entre les barreaux se glissa une mélodie qu'il reconnut; elle sauta dans la pièce, comme une vraie garce, et se cogna aux quatre murs.

«...Glo-o-o-o-o-o... ria... Bidoche! Bidoche... doche... doche... Glo-o-o-o-o-ria... Un Sauveur enfant nous est né... Libérez Bidoche!... Rendez Bidoche à la Baie.»

Bidoche, affolé, essayait de saisir les sons qui remplissaient sa cellule.

— Bidoche, l'idiot!

— Bidoche, le héros!

Nou-velle-a-gré-able, rendez Bidoche à son étable.

— Sonnez trompettes, jouez hautbois, rendez Bidoche au barachois.

— Houra-a-a-a!

Puis une voix se détacha de la cohue, une voix criarde de commère :

— Bidoche n'a rien fait ! Cherchez les vrais coupables !

— Bidoche est innocent, innocent !

— Glo-o-o-o-o... ria !

In excelsis de-e-o !

Bidoche agrandit les yeux. Puis, les refermant doucement, il laissa Noël glisser dans son âme.

CHAPITRE XII

Les derniers fêtards étaient sortis du sous-sol de l'église à 5 heures du matin. Ç'avait été une nuit de Noël comme on n'en avait jamais vu et qui passerait sûrement aux annales paroissiales.

On avait cru un instant que les geôliers allaient céder et laisser partir Bidoche. Ce spectacle de tout un village armé de fouines et de harpons aurait eu de quoi, au début, faire trembler le Mur de Chine. Mais quand cette joyeuse cohorte avait entonné des chants de Noël, la peur des gardiens s'était évanouie. Le cruchon de Boy à Polyte s'était mis alors à circuler d'une bouche à l'autre et, petit à petit, on en était venu à oublier le prisonnier. Quand, vers les 3 heures, quelqu'un avait crié : «Allons finir la veillée dans la salle !» tout le monde avait suivi, joyeusement.

Le lendemain matin, chacun s'éveilla la tête et l'âme lourdes. Pas seulement on avait abandonné Bidoche à sa prison, mais on s'était empiffré toute la nuit du fricot et des poutines qui lui étaient destinées.

Pauvre Bidoche!...

...Il avait bien affaire aussi à sortir sa cruche, le garçon à Polyte. Et qui c'est qui avait commencé à chanter des «Nouvelle Agréable» et des «Glo-o-o-ooria»? C'était pas étonnant qu'on avait fini dans la salle.

Pauvre Bidoche!...

...Et puis la jeunesse du Ruisseau-des-Pottes qui avait fait boire le gardien. Comment vouliez-vous après ça qu'on se parle d'homme à homme? Hein?... Comment vouliez-vous qu'on discute avec un gardien de la paix qui avait bu au même goulot que les autres?

Pauvre Bidoche!...

C'était Noël, mais les gens du nord et du sû se croisaient sur pont sans se saluer ni s'offrir des vœux. Ce n'était pas un joyeux Noël pour la Baie: les mâchoires étaient trop molles et les consciences trop chargées. Alors chacun déchargeait sur son voisin la haine qu'il se portait.

— C'est les Gélas encore!

— C'est les Tchaissie du nord!

— Mangez toute de la...

— Quoi?... quoi c'est que vous disez?... I'avont aparçu le Bidoche?

— Hé! Avez-vous su? Bidoche est lousse!

— Bidoche!... Bidoche est lousse!

Hé oui! Sur la neige fraîche de la veille, Bidoche faisait crâler ses bottines qui avaient séché trop vite dans sa cellule et qui, le matin de Noël, lâchaient des petits: «cric, cric»... Il était là, Soldat-Bidoche, agrandi soudain

96

à la dimension du village, remplissant seul la butte, les pointes, la dune et toute la côte. Et derrière lui, Sarah, sa mère, suivie de tous ces gens qui autrefois lui sifflaient des noms, attroupés aujourd'hui sur le chemin du roi et qui le regardaient passer.

Bidoche était sorti de prison, Bidoche était libre! On n'en croyait pas ses yeux, ni ses oreilles, ni sa peau… Et puis, on l'avait bien dit… On savait bien qu'on finirait par les avoir, ces gardiens. Après tout, n'avait-on pas chanté et bu ensemble toute la nuit? Et puis, des gardes, c'est pas des hommes comme les autres, non? N'ont-ils pas des entrailles et une mère, comme tout le monde?…

— Joyeux Noël, Basile!

— Pareillement, Gélas, pareillement!

Le pays avait repris sa gaieté et retrouvé son air de fête. D'un seul coup, toutes les consciences s'étaient dégonflées et la paix était revenue.

Mais soudain, sur le pont, on vit se dresser la veuve à Calixte. Elle voulait bien admettre, la veuve, que le Bidoche était sorti de prison… S'il fallait, il était juste là devant ses yeux. Oui, oui, il était sorti. Mais quand? et pourquoi?

— Quand c'est ouère qu'ils l'avont largué, le Bidoche? qu'elle huchait du haut du pont. C'est pas rien qu'à matin? Pourquoi c'est ouère qu'ils l'avont gardé toute la nuit si c'est nous autres qui leur avons fait peur? Hein?…

Ouais. La veuve encore une fois jetait son fiel sur la paroisse. Fallait pas s'y fier, à la veuve à Calixte, qui était là seulement pour semer le trouble et la chamaille. Fallait pas croire la commère.

…Quand c'est donc au juste qu'on l'avait libéré, le Bidoche?… Ben alors, pourquoi?…

La butte et les pointes s'en voulurent d'avoir nourri cette veuve pendant un demi-siècle. Une veuve qui ne leur avait jamais apporté autre chose que des nouvelles de malheur.

— Ben qui c'est ouère, d'abord, qui l'a libéré, le Bidoche?

— Demandez-lui à lui.

— Au Bidoche? Il sait même pas la date de ses âges.

Et la paroisse tout entière se tourna contre Bidoche qui n'avait pas été sauvé par elle. Non, son salut venait d'ailleurs. Quelque part, quelqu'un avait agi plus habilement et plus efficacement que le village. Ça s'était fait en dessous et à l'insu de tout le monde. Mais qui?…

— Où c'est qu'était le Fardinand, hier au souère? Quelqu'un aurait-il aparçu le Fardinand?

Non, Ferdinand n'était pas du groupe, personne ne l'avait vu.

— Et le grand Vital?

Le grand Vital non plus. Mais ça n'était pas étonnant: de mémoire d'homme, le grand Vital n'avait jamais participé aux veillées ni aux orgies paroissiales. Personne ne l'avait jamais vu saoul, le grand Vital. «Il boit pas, il fait boire les autres», disait-on de lui.

— Et Mariaagélas?

Le cri venait du pont. Et le vent de nordet l'amplifia. Mariaagélas? Où était-elle, Mariaagélas, la nuit de Noël? Quelqu'un l'avait-il reconnue dans la foule, sous les fenêtres de la prison?

Gélas voulut défendre sa fille. Mais la voix de la veuve à Calixte enterra la sienne… Si la forlaque à Gélas n'avait pas jugé bon de se joindre au groupe des manifestants, c'est qu'elle avait d'autres idées en tête. Et au jour qu'il est, le temps était venu de les lui faire cracher, ses idées sournoises. Vous pensiez-t-i' ouère que personne s'apercevait de ce qui se passait au Chemin-des-Amoureux et pis au Lac-à-Mélasse? Hein? Le revenant avec son beau drap flambant neu' et sa belle poulie graissée à l'huile de moulin à coudre, c'était pas une invention de la Maria, ça, par azor? Ça faisait longtemps assez qu'a' faisait la pluie et le beau temps dans tout le pays entre la dune et le portage, la bougresse; longtemps assez qu'a' brassait ses petits négoces et ses petites anicroches en dessous.

— Ouais, en dessous, Monsieur, c'est moi qui vous le dis.

Rendue là, la veuve s'arrêta net. On crut, chez ses auditeurs, qu'elle avait manqué de souffle. Mais c'était mal connaître la veuve à Calixte. Non, en proférant sa dernière phrase, une idée lui était venue: en dessous du bœu' de garde…

Gélas sentit, au silence de la veuve, que la tête de sa fille pendait au-dessus d'un volcan. Il cherchait un mot qui ferait virer le vent, le pauvre vieux, et qui le ferait souffler sur le nord, le temps de se ressaisir. Mais il n'eut pas à se donner la peine de le trouver car, à la surprise générale, la veuve à Calixte qui tenait pourtant le haut du tapis, lâcha le terrain subitement et s'en fut. Mais quelle mouche enfin l'avait piquée?

Dans les forges, au nord et au sud du pont, il se forma de petits groupes. C'était tout de même curieux ce revirement soudain du vent. La nuit précédente encore, les gardiens de la prison étaient prêts à se faire démembrer par la foule en colère plutôt que de lâcher le prisonnier. Or voilà qu'au matin, sans un cri, sans un geste, le village recevait son Bidoche comme un cadeau du ciel. C'était bizarre.

Chez les Allain, Basile crachait de temps en temps dans son four et murmurait quelque chose comme :

— Hé ben !

Puis le silence tombait de nouveau sur la forge.

Petit à petit, la conversation s'anima et l'on se mit à examiner la conduite passée et présente du grand Vital. Son père et tous ses aïeux étaient bel et bien des gens de la Baie, un petit brin au sud du portage, précisément. Quand il était rentré des États, au début de la Grande Guerre, des histoires avaient couru sur son compte à ce moment-là, mais personne n'en avait fait cas. Avait-il déserté ? Se sauvait-il de la loi ? C'est aujourd'hui qu'on s'interrogeait. Et cette fortune qu'il cachait sûrement quelque part, d'où venait-elle ? Les Caissie et les Allain du nord étaient bien partis pour passer Noël dans la forge. Parce que ces hommes de vieilles souches du pays savaient qu'on devait battre le fer quand il était chaud.

Pendant ce temps, au sud, la forge des Gélas se gon-flait d'une semblable émotion. Sauf qu'ici, c'était l'image du vieux Ferdinand qui dansait sur l'enclume… Tout le monde se souvenait de son dernier mariage mal pairé, si jamais il en fut. Même qu'on lui avait fait une charivari qui avait duré dix-sept jours, au Ferdinand. C'était-i' se respecter ça, pour un veuf de son âge, de s'en aller chercher une jeunesse pareille, et à la Butte-à-Tim par-dessus le marché ? Non, la Baie n'avait jamais pardonné ce mariage au plus honorable de ses citoyens. Il avait eu beau payer la noce à toute la paroisse en pur rhum de la Jamaïque, et faire chanter coup sur coup deux messes hautes à sa défunte… non.

— Et pis le v'là douanier, asteur. Comme si la Baie avait besoin de ça.

La Baie n'avait besoin ni de douanier, ni de juge, ni de gardiens de prison pour sortir le Bidoche de tôle, ça s'adonne! Et pour le prouver, les hommes de la forge des Gélas, en ce jour de Noël, auraient été prêts à recoffrer le Bidoche, pour se donner la satisfaction de le libérer encore une fois.

À ce moment-là, la forge entendit un hurlement familier qui semblait venir du pieux où se tenait le bœuf. Et ouvrant d'un coup la porte, les hommes aperçurent la veuve à Calixte, les bras en l'air, qui demandait à Dieu et à tous ses saints par où était passé le bœu'. Car devant elle, gisait dans la neige une chaîne, comme un serpent mort, et qui pendait au-dessus d'un grand trou béant.

…Par où vraiment était-il passé, le bœu' de garde des Gélas?

CHAPITRE XIII

Une paroisse aussi turbulente, frémissante et superbe que celle dont j'ai entrepris de vous raconter l'histoire, ne pouvait se tenir tranquille devant une telle avalanche d'événements plus imprévus les uns que les autres. Et vous comprendrez que, penchés au-dessus de ce trou béant entre la forge et la cabane des Gélas, à l'emplacement même où s'était dressé le bœu' durant quasiment une saison, les braves paroissiens aient tous été pris de vertige. Même que la veuve à Calixte y aurait plongé tête première, si l'on en croit le Ruisseau-des-Pottes. Mais faut pas trop se fier au Ruisseau-des-Pottes, qui, depuis qu'il est sorti de sa source, n'a pas cessé de charroyer les murmures et les ouï-dire de tout le haut du pays. Quoi qu'il en soit, la veuve ne s'est pas remise tout de suite de son ahurissement, et a juré à la face du monde d'avoir un jour la peau du bœu' comme elle avait eu celle du revenant. Mais personne n'ignorait le sens réel de ce serment : c'est la peau de la Maria qu'elle voulait, la veuve à Calixte.

Mais Mariaagélas, depuis qu'elle frayait avec les contrebandiers, était plus insaisissable qu'un bœuf et même qu'un revenant. Non pas qu'elle s'en fût se cacher, la Maria, ou qu'elle eût fui les gens ou les dangers. Elle allait et venait de la butte à la pointe, de la dune au portage, d'une maison à l'autre, sans bagage équivoque ni mine mystérieuse. Elle promenait partout son air d'honnête femme qui n'a rien à déclarer. C'est cet air-là justement qui enrageait la veuve… oui, la veuve qui, avec sa double allure de commissaire de police et de juge d'instruction, n'avait encore jamais réussi, elle, à garder un secret plus de vingt-quatre heures. Pourtant, avec ses vingt-quatre heures d'avance sur le reste du village, elle avait le temps de donner un long fil à retordre à ses ennemis. Et les ennemis de la veuve à Calixte, c'était quasiment tout le monde.

Pas tout à fait tout le monde, non. Car la sainte femme était la grande amie de Dieu, ses anges et ses saints. Et par voie de conséquence, elle se faisait la protectrice des gens d'Église. De ceux, bien sûr, qui voulaient bien de ses bontés. Pas le curé… ah ! celui-là !… Il se figurait-i' ben, à la fin, qu'elle ferait toute seule le ménage de la sacristie, et gratterait toute seule les lampions, et chanterait toute seule les vêpres, sans avoir son mot à dire sur l'heure des messes, et dans le gouvernement des confréries ? Hein ?… Il se figurait-i' ça, le curé ? La veuve ne disait rien, mais elle gardait l'œil ouvert et le menton levé.

Il y avait toutefois les sœurs. Ah ! de ce côté-là, ç'allait beaucoup mieux. L'autorité qu'elle perdait au presbytère, elle la rattrapait au couvent. Elle était même très bien avec la Mère Supérieure, la veuve. C'était une femme de l'étranger, venue à la Baie avec sa famille qui avait suivi un vieil oncle curé, fondateur de la paroisse. Le curé, en mourant, avait légué à sa pléiade de neveux les meilleures terres des côtes; et à sa nièce, la charge du couvent. La pauvre sœur, en souvenir de l'oncle disparu, s'était crue obligée de garder son poste toute sa vie. C'est ainsi qu'à l'âge de quatre-vingt-quatre ans, sourde, courbaturée et presque aveugle, elle présidait encore avec autorité aux destinées de ses sujettes... Mais tout cela ne regardait pas les gens des côtes; et les chroniqueurs du pays n'ont rien noté sur la vie intime des sœurs ou du couvent.

Tous les conteurs, cependant, ont connu la veuve à Calixte et ont abondamment rapporté ses faits et gestes dans l'histoire épique du pays qui s'étend de la mer aux collines d'en haut du champ. Et c'est par elle qu'on en est venu à connaître un peu plus en détail les petites anicroches à la vie paisible des sœurs.

Par elle, et par Mariaagélas...

Comment ces deux femmes, ennemies et rivales depuis que la principale rivière du pays séparait les Caissie du nord des Gélas du sû, comment ces deux mégères ont pu lier leur histoire à celle du couvent, c'est là l'un de ces tours du destin qu'on ne rencontre que le long des côtes. Il y a bien du trouble et bien des misères qu'on ne rencontre que le long des côtes : ça, les gens du pays vous le diront. Et ils vous diront que ça n'est pas de leur faute à eux... Ben non! À qui c'est ouère la faute si la mer vous ronge tous les ans trois pieds de rochers; et vous défigure le paysage d'un automne à l'autre; et vous bave sur la dune des épaves de goélettes avec, parfois, des noyés entre les débris? À qui c'est ouère la faute, hein?... Ça, les gens des côtes vous le diront. Et un jour, il s'en est trouvé un pour répondre que c'était la faute au Bon Dieu. Mais les gens du pays l'ont fait taire, celui-là, et l'ont soupçonné d'avoir lu le *Petit* ou le *Grand Albert*.

...Tout cela pourtant n'est pas directement lié à l'histoire de Mariaagélas qui, elle, ne s'est jamais abandonnée à la sorcellerie. Quant à la veuve à Calixte... c'est vrai qu'il avait couru des histoires sur son compte du temps où le revenant avait déménagé ses apparitions du Chemin-des-Amoureux au Lac-à-Mélasse. Mais de là à la prendre pour une sorcière... Comme aimait à répéter Boy à Polyte :

— La veuve à Calixte a jamais réussi à charmer parsoune.

Mais alors, le couvent? D'où lui venait son prestige auprès des sœurs? Car c'était indiscutable : elle avait la première voix au chapitre à la communauté. La veuve était une sorte d'agent de liaison entre le monde et le couvent : elle protégeait le jardin potager au temps des pommes et des citrouilles; elle faisait réparer l'étable ou redresser le clocher; et elle connaissait le bon moment pour troquer les animaux. C'est elle qui avait débarrassé les sœurs de leur vieille jument... tout le monde s'en souvient... la jument dure d'oreille que la sœur fermière faisait marcher par signes et que la veuve avait filée à Frank à Thiophie un soir qu'il était saoul. On en parla longtemps, au pays, de la jument des sœurs et de la friponnerie de la veuve.

En se remémorant toutes les bonnes actions de sa vie passée, la veuve à Calixte imprimait la semelle de ses longues bottes sur la neige fraîche qui couvrait le champ des sœurs. Car elle empruntait rarement les chemins battus, la veuve; c'était faire trop confiance au monde, ça. Et puis les champs, les mocauques, les prés étaient toujours propriété de quelqu'un; et la veuve à Calixte, par-dessus tout, aimait fouiner dans les affaires des autres. C'est sur la terre des autres qu'on découvre une clôture tombée, un clayon ouvert, un hangar trop bien cadenassé pour n'être pas suspect. C'est sur la terre des autres que...

...Hé oui! C'est en plein sur la terre du couvent que la veuve, biclant des usses au menton, s'arrêta net devant un spectacle à faire chavirer les anges du Bon Dieu: le bœu' des Gélas! Énorme, solide, encorné comme jamais, il était bien planté au milieu du champ à toiser sa meilleure ennemie.

La veuve à Calixte prit du temps à se remettre de ce coup-là. Car cette fois, elle se sentait trahie de tous les côtés. Des Gélas et du bœu' on pouvait s'attendre à tout; mais du couvent?

— Faudra qu'a' me baille des esplicâtions, la Mére Supérieure, qu'elle se dit, la pauvre veuve, en reprenant ses esprits. Vingt ans, t'as qu'à ouère! vingt ans de loyaux services à une arligion qui se retorne contre toi d'un coup sec, sans t'avarti', et sans que t'ayis rien fait pour mariter ça. Hé ben, j'en sarons le long pis le court, faudrait-i' ouère que le ciel s'en mêlit.

La Pointe-à-Jérôme a rapporté plus tard que le ciel en effet s'en était mêlé. Mais tout cela, nous le verrons en temps et lieu. Car avant l'intervention de Dieu ou de ses saints, il y avait eu, selon toute apparence, celle de Mariaagélas.

Ce soir-là, dans la forge des Allain, les hommes crachèrent longtemps en silence. Car c'est un trait curieux des gens des côtes de parler moins quand ils ont beaucoup à dire. Comme si le flot du cœur vous engorgeait le gorgoton. Basile finit pourtant par remuer les jambes et dire faiblement :

— Hé ben !

Petit à petit, l'enclume se mit à résonner de «sacordjé» et de «faut-i' ben» sortis de toutes les bouches à la fois.

— Pas folle tout net, la fille des Gélas.

— A' vous a pas les côtes sus le long.

— La veuve à Calixte a trouvé sa pareille.

— Tout escouvillon trouve son brayon.

— Et tous les couverts leux chaudrons.

Mais ce qu'ils ignoraient, les braves traînards de la forge, c'est que la fille des Gélas ne s'était pas contentée de vendre le bœu' de garde aux sœurs, à l'insu de la paroisse et de la veuve à Calixte, non ; elle avait poussé l'audace beaucoup plus loin, la Maria. Mais pour réaliser ce nouveau projet, il lui fallait du temps... tout le temps que le bœu' ferait perdre à la police, au douanier et à la veuve à Calixte.

Surtout, le génie de Mariaagélas avait consisté à brouiller la veuve avec les sœurs du couvent.

«Faut l'amarrer», avait dit un jour Maria au grand Vital qui s'inquiétait de la trop grande activité de la veuve.

— Ben, la v'là amarrée au couvent pour une escousse. Je l'arons pas dans les jambes.

Et Mariaagélas sortit de la forge de son père en sifflotant le refrain de «L'Habitant de Sainte-Barbe s'en va-t-à-Montréal». Dehors l'air était pur et frisquet.

Et la baie était gelée de bord en bord.

— Je m'en vas accrocher des crampons à mes bottes, se dit-elle en contournant le trou dans la terre où elle avait caché pendant des mois ses barils et ses cruches.

Elle avait dû évacuer la cachette en pleine nuit et se défaire du bœu' de garde, dès qu'elle avait flairé la veuve sur ses trousses. Mais cette fois, la veuve aurait du pain sur la planche avec les sœurs du couvent.

— Des crampons à mes bottes et des ferrures à ma traîne, se répétait la Maria en contemplant la baie reluisante comme une allumelle entre la dune et la pointe du couvent où pendait au bord de l'eau une vieille chapelle désaffectée…

CHAPITRE XIV

Ah! comme ça, les Gélas auraient décidé de promener le bœu' à Ferdinand. D'abord entre la mer et la forge; et puis, là, dans le champ du couvent. Dans le jardin des sœurs, le bœu' des Gélas. Aaaaah!... Et la veuve à Calixte voulait s'arracher les cheveux.

...Non, fallait pas. Fallait garder tout son sang-froid. Savoir prendre le bœu' par les cornes. Passer par le bœu', c'était le plus sûr moyen d'atteindre la Maria. Elle finirait ben par manger de la terre, Mariaagélas. Mais d'abord le bœu'.

La veuve à Calixte baissa le front et rentra son cou dans ses épaules toute prête à l'attaque. Le bœu', étonné, pencha la tête de côté et leva le museau. Il ouvrit tout ronds les yeux et regarda cette femme qui s'avançait vers lui, à pas de loup... Ben, quoi c'est ben encore qu'a' voulait, la vache?... Ils étaient seuls tous les deux, dans le champ des sœurs.

Non, pas tout à fait seuls. Car là-haut, dans une lucarne du couvent, la sœur sacristine, en train de gratter tranquillement les lampions, aperçut cette étrange course de taureaux dans le jardin. Mais la sacristine n'avait jamais vu de corrida et ne comprit pas de suite. Pourtant c'était un spectacle à voir. Parce que dès que le bœu' eut saisi ce qu'on attendait de lui, il se mit en cornes.

— Viens, qu'il beugla à la veuve. Brrr...

Elle vint.

Et la sœur, là-haut, put suivre la danse de sa fenêtre. La veuve se cabra, la bête aussi. Et les deux se regardèrent droit dans les yeux. Puis la veuve à Calixte fit un mouvement brusque de côté. Le bœu' se méprit et fit un tour de pieu qui raccourcit sa chaîne et il redoubla de fureur. La veuve jubilait. Son succès l'enhardit et elle prit de l'aplomb. Elle partit à la course autour du poteau, appelant le bœu' à ses trousses. Mais elle avait oublié, la pauvre, qu'on était en hiver et oupse!... elle imprima ses fesses sur le verglas.

— Bonne Sainte Mère de Dieu! s'écria la sacristine qui voyait le bœuf rire de toutes ses dents et mesurer déjà la veuve de son front.

Mais la veuve à Calixte avait dans sa vie fait face à un douanier, un juge, un évêque et un gouvernement : elle était armée pour affronter les bœufs. Et avant même que la pauvre bête pût ajuster ses cornes, la veuve lui avait déjà roulé entre les pattes et se tirait de cette impasse du côté de la queue. Le bœu', déconfit, entra alors dans une telle fureur qu'il se mit à foncer sur son pieu et sur chaque grignon qui sortait de la neige, enroulant et raccourcissant toujours un peu plus sa chaîne.

Quand il s'arrêta, à la fin, épuisé, il était amarré de court, comme une goélette au quai.

La sacristine, les mains sur le cœur, hochait la tête de droite à gauche, pendant que la veuve à Calixte, superbe et triomphante, respirait fort en se frottant les fesses.

Depuis Noël, le village se remettait petit à petit de ses émotions et prenait pour acquis l'élargissement de Bidoche. On avait tout l'air de trouver normal que l'innocence fut enfin reconnue, sans trop s'interroger sur le processus de cette reconnaissance. On avait jonglé avec cette question pendant quelques jours, dans les granges et les forges, puis d'autres événements étaient venus accaparer les esprits et Bidoche avait été rendu à son barachois, comme il se devait.

Basile à Pierre, pourtant, n'avait pas tout à fait oublié. Car il soupçonnait ou les Gélas, ou le Ferdinand d'être à l'origine de ce revirement soudain et inexplicable. La haine des Allain pour les Gélas était ancestrale et n'avait pas à se justifier. C'était même un devoir pour tout fils de Pierre Crochu de pigouiller dans les reins, quand l'occasion s'en présentait, un descendant des Gélas. Mais le Ferdinand ? La rivalité de Basile et de Ferdinand était plus récente et plus camouflée. Plus mystérieuse aussi. Basile en voulait-il à Ferdinand d'être passé de l'autre côté ? Craignait-il pour son petit homard ou ses huîtres pêchées hors saison ? Quoi qu'il en soit, on ne voyait plus Basile à Pierre fréquenter la grange à Ferdinand. Et ça faisait causer.

Ça faisait causer la femme à Gélas surtout qui criait à ses voisines, par-dessus la bouchure, que Basile à Pierre était jaloux.

— Apparence que le Basile, il arait pas craché sus les douanes, si ils avoint voulu lui en bailler. Allez pas chercher ailleurs pourquoi c'est ouère qu'i' boude le Fardinand. Et pis d'abord les Allain, c'est des boudeux de père en fi', toute la côte sait ça.

La côte savait aussi que la femme à Gélas avait ses petites raisons personnelles d'en vouloir à Basile. Personne de sa génération n'avait oublié sa colère de jeune vierge frustrée, dans les années '80, quand elle avait vu le soupirant Basile lui filer entre les pattes, un soir, pour s'en aller soupirer chez les David à Louis. Gélas s'en était venu veiller à la Petite-Rivière, deux jours après, et quand Basile voulut revenir à ses premières amours, il était trop tard : l'amante délaissée était vengée. Le long des côtes, ces mariages de vengeance étaient très courants autrefois, et rivalisaient avec les mariages de clôtures ou de terres en bois debout. Mais ce n'était pas dans les mœurs des Gélas de faire des mariages de terres ni de bois : il ne leur restait plus qu'un petit morceau de dune depuis trois générations, et personne n'en voulait.

— Ben oui, apparence que le Basile à Pierre, il arait voulu se faire nommer douanier, qu'elle répétait à la Baie, la femme à Gélas.

Pendant ce temps-là, sa fille Maria, moins loquace que sa mère, mais plus rusée et plus hardie, accrochait des crampons à ses bottes et partait le long de la baie sur la glace. Elle avait découvert, quelques jours plus tôt, cette petite chapelle des sœurs, là-bas, au bord de l'eau, qui ne servait à rien l'hiver et qui était si loin enfouie sous les roulis de neige. C'était plein de fleurs séchées, là-dedans, et de chandeliers branlants, et de lampions crottés. Et au plein milieu du plancher, une grosse Immaculée Conception blanche et bleue... Ça ne serait pas une si grosse affaire de tasser toute ces saintetés dans un coin et de faire de la place. Surtout faudra bien envelopper les barils pour pas que ça gèle, pensa Maria. Mais pour ça, Casse-cou s'y connaissait mieux que personne. S'agissait de commencer le char-royage le plus tôt possible. Ça pressait. On avait toute la réserve de l'hiver à cacher et à écouler avant la fonte des neiges. Parce que les glaces parties, les goélettes recom-menceraient leur ronde entre les Îles Saint-Pierre-et-Miquelon et le continent.

Mariaagélas s'en venait au pas sur la glace et regar-dait cette nappe blanche devant elle, immobile, infinie. La baie. Son royaume. Et dire qu'elle avait commencé servante chez les Cormier, puis les Girouard, les Gallant, les Bourque, les Babineau. Ah! ceux-là! ce qu'ils devaient s'étonner aujourd'hui d'acheter leur rhum et leur whisky de cette servante qu'ils avaient mise à la porte. Oui, à la porte, la Mariaagélas, il n'y avait pas si longtemps.

— Ça leur a point porté chance, murmura entre ses dents la Maria, en enfonçant ses crocs dans la glace.

Ils voulaient la voir aux shops, les Babineau et tous ces gros qui brassaient les affaires du pays ; aux shops ou aux États. Mais elle leur avait montré, la Mariaagélas, qu'avec un brin de jarnigoine ou une petite affaire de génie, on pouvait se passer de banc à l'église ou de li-vres d'école. On pouvait se passer de payer ses taxes et quand même marcher sur le chemin du roi. C'est ce qu'elle était en train de prouver à toute la paroisse, la Maria, à toute la paroisse et à tout le pays au bord de l'eau.

Elle fit grincer la porte de la petite chapelle enneigée et s'allongea le cou. En face d'elle, la grosse Immaculée

Conception trônait en plein mitan de la place, les bras ouverts et les yeux rivés sur un serpent qu'elle écrasait de son pied. Mariaagélas jeta un rapide coup d'œil autour d'elle puis, baissant le front, elle se signa trois fois.

La sœur sacristine, en voyant la veuve à Calixte maîtresse des champs, était accourue avertir sa supérieure qu'on maltraitait le bœu' là-bas. La supérieure avait aussitôt fait mander l'économe et la sœur fermière, et, en quelques minutes, la communauté au grand complet partait en procession vers le clos. Il était temps. Car en arrivant sur les lieux, elles trouvèrent la veuve à Calixte en train de creuser au pic et à la pelle un immense trou dans leur jardin.

— Mes choux! s'écria la sœur fermière qui avait fait labourer tout l'automne pour préparer les semailles du printemps.

Mais la veuve à Calixte ne se laissa pas impressionner. Quand on fraye avec les gens louches, et qu'on achète leur bœu', et qu'on cache leur flacatoune, on ne peut plus faire les fiers, ni jouer les saintes nitouches.

— Ah! s'écria la sacristine que le «sainte nitouche» avait frappée droit au cœur.

Mais c'est la flacatoune qui avait davantage atteint les autres. Chacune se retourna vers la Mère Supérieure qui, dure d'oreille, dut se faire répéter la phrase. Quand enfin elle eut compris, elle fit: tut! tut! tut! et tapa légèrement la veuve sur l'avant-bras.

— Voyons donc, Mme Calixte, vous pensez que des épouses du Christ s'en iraient faire un pareil pacte avec le diable? Il n'est jamais entré une seule goutte de ce que vous dites sur la terre du couvent.

116

Et pendant que les sœurs s'efforçaient de convaincre la veuve à Calixte de leur droiture et intégrité, Maria-agélas, à la côte, dans la petite chapelle désaffectée, tassait les lampions et les chandeliers dans les coins pour faire de la place à ses barils et ses cruchons.

CHAPITRE XV

Cette année-là, les sauvages avaient prédit des froids exceptionnels pour toute la région de l'Atlantique. On avait vu les provisions de noisettes des écureuils et la fourrure épaisse des chats-cerviers : l'hiver serait long et dur. Tous les étangs et les lacs avaient gelé avant Noël. Et la baie pouvait porter des chevaux, déjà, de la dune au pont, et de l'anse au barachois.

— La baie portera nos cabanes à épelans, annonça un matin Basile à toute la forge.

Et les pêcheurs du nord s'en furent chacun au logis chercher leurs agrès.

Les pêcheurs d'eau profonde n'ont jamais fini de s'équiper. Ce n'est pas tout de posséder sa fouine, son nigog, ses harpons, son râteau, ses filets et ses cages à homard ; il faut aussi bâtir sa cabane à éperlans. Mais ne nous méprenons pas : une cabane à éperlans, c'est quatre murs en rondins ; un toit de tôle ; une porte qui grince mais ne ferme pas ; et pour les plus chanceux, un poêle rond qu'on chauffe aux écopeaux. Puis, au milieu du plancher, on creuse un trou qui traverse les trois pieds de glace et rejoint les éperlans au fond de la baie.

Si ça pouvait parler, un éperlan, ça en raconterait des choses. Du fond de la mer, tous les poissons peuvent voir ces hommes, au-dessus d'un grand trou de glace, qui fument tranquillement en tirant de temps en temps sur la ligne… Puis ils crachent, les hommes, dans le trou. Pas besoin de crachoir, dans une cabane à éperlans, ni de sac à déchets. Dans le trou, les déchets. Pas besoin de grand-chose, non. Un poêle, si on peut se le payer, une boîte à lunch, de la ligne à faire le tour de la baie, et de l'abouette. Ouais, ben de l'abouette! Pis du tabac. Pour le reste, des bottes pas percées, trois paires de chaussettes, un bon mackinaw, des culottes d'étoffe et un casque de poil. Ils pouvaient voir tout ça, les éperlans. Ils pouvaient voir les pêcheurs se réunir autour du même poêle, quand ils étaient fatigués, et se passer le cruchon en tapant du pied.

Et ce qu'ils pouvaient entendre, les éperlans! Des «sacordjé» et des «gobines de luck» et des «godêche de hell», qui s'en venaient tomber dans le trou et geler tout rond en frappant l'eau.

— Chus nous, dit l'un, i' faisait assez frette à matin que le thermomètre a cassé et pis le zéro s'a' sauvé; y a un houme qui l'a vu dans le boute du Portage.

— Chus nous, dit l'autre, i' faisait pus frette que ça, ben j'avons pas pu le raconter à cause que les paroles nous gèliont dans la goule.

… Ils entendaient tout ça, les éperlans. Ils entendaient aussi les histoires de chasse du beau Boy à Polyte.

— Un jour, raconta-t-il, je m'en avais été chasser la pardrix sus la terre à Davit à Louis. Ça fait que Nézime à Davit m'a aperçu et s'a amené. «Quoi c'est que tu fais là?», qu'il m'a dit. «Je guette», que j'y dis. «Quoi c'est que tu guettes?» Ben autant ben y dire, que je m'ai dit; ça fait que j'y ai dit: «Es-tu brave assez pour rester avec moi? D'un coup que j'apercevrions un ours.» Nézime, il tenait peut-être ben à ses pardrix, ben encore plusse à son houneur. «J'ai point peur des ours», qu'il me dit. Et je nous avons mis à guetter tous les deux.

Boy à Polyte cracha abondamment dans le trou de glace et laissa languir son auditoire. Puis:

— J'étions tous les deux campés dans une petite cabane pas pus grande que ctelle-citte. Ça fait que j'ai dit à Nézime: «Faudrait que l'un de nous deux parte ouère oùsqu'est l'ours tandis que l'autre resterait icitte faire à manger.» J'avais pas sitôt dit ça, que Nézime s'offrit corps et âme pour faire le cook. Ça fait que moi, me v'là pris pour foncer dans les bois avec un petit fusil à pardrix. Ben, j'avais point une grousse arme, mais j'avais mon houneur, moi itou. Ça fait que j'ai parti. Marche, pis marche, pis marche…

— Pis t'as avisé l'ours? demanda Philippe à Henri à Bill.

— L'ours? reprit Boy à Polyte en lorgnant son public du coin de l'œil. Il m'avait avisé avant que je l'avisis. Il m'a suit à pleines jambes jusqu'aux marches de la cabane. Rendu là, j'ai huché à Nézime: «Occupe-toi de c'ti-citte. Moi, je m'en vas en qu'ri' d'autres.» Pis je m'ai penché d'un bord et j'ai laissé l'ours rentrer tout droite dans la cabane.

Tous les hommes s'esclaffèrent.

— Et pis l'ours a dévoré Nézime? s'enquit Jos à Pit.

— I' y a sartainement pris une bouchée sus le cagouette, répondit Boy, parce qu'il a la tête cobie depuis ce temps-là.

Au temps de la prohibition, c'est Casse-cou Collette qui approvisionnait les pêcheurs d'éperlans. Il partait en petite traîne sur la baie, Casse-cou, et faisait sa ronde entre les cabanes. Quand les hommes l'apercevaient au loin, ils se rendaient chez Basile ou chez Polyte. Question de se dégourdir les pieds, ou le museau. On ne pouvait payer Casse-cou en espèces, les temps étaient durs ; mais on réglait en nature. Et l'homme du grand Vital s'en retournait à la terre ferme avec son traîneau chargé de poissons. Car son patron trafiquait aussi de cette nature-là.

Un jour, Polyte courut à la cabane de son voisin et avertit les hommes de jeter leurs cruches à la mer. Il était le seul pêcheur muni de jumelles, Polyte, et il venait d'apercevoir quelque chose de pas très catholique qui approchait du sud.

— Ça pourrait bien être des officiers, dit-il, videz vos jarres.

Et le mot fit le tour de la baie en sautant comme un chevreuil d'une cabane à l'autre.

C'était des officiers, en effet, et ils se dirigèrent tout droit chez Polyte qui pêchait tranquillement l'éperlan.

— Fait frette à matin, dit le pêcheur en se soufflant dans les mains.

— C'est pas chaud.

— Comme qui dirait, je vous offririons ben une chaise si j'en avions.

— Dérangez-vous pas ; on fait juste une petite passée.

— Alors faites coume chus vous et assisez-vous sus le poêle ou sus la glace.

Les officiers choisirent de rire avec Polyte. Puis, le plus grand des deux fit le tour de la cabane en soulevant les mackinaws, les suroîts et les filets.

— Si c'est des éperlans que vous charchez, j'en ai droite icitte au boute de ma ligne qui gigottont coume des djables dans l'eau bénite, fit Polyte tout regaillardi.

Mais les officiers ne répondirent pas et continuèrent à fouiller.

Polyte prit alors le parti de s'amuser.

— Passez ouère au salon pour vous arposer une escousse ; et pis après vous pourrez aller fortiller dans la cave et pis le gornier.

Ce n'était pas des hommes du pays, ces officiers, ils venaient des comtés du nord. Ils avaient l'habitude de la mer, mais ils ne connaissaient pas les mœurs des gens du sud. Ils préféraient se montrer prudents. Seuls parmi tous ces rudes pêcheurs des côtes, au plein cœur de la baie... on ne savait jamais. Ils poursuivirent l'inspection de la cabane sans répondre aux sarcasmes de Polyte.

À ce moment-là, quelqu'un vint avertir Polyte que le plus jeune garçon à Thaddée était à l'eau. Tout le monde s'élança aussitôt du côté de la cabane à Thaddée. Les inspecteurs aussi. C'est même l'un d'eux qui réussit à sortir le jeune homme de l'eau ; ce dont il parut très fier, à ce qu'on rapporta.

— Personne aurait de quoi à lui faire boire pour le réchauffer ? demanda le premier officier.

Mais personne n'avait rien. On le réchauffa avec des briques et du thé.

Quand les officiers de pêche eurent quitté la cabane, ils avaient terminé leur journée et pouvaient rentrer tranquilles : ils n'avaient rien trouvé de louche sur la baie, et avaient rescapé un homme.

Le rescapé, pendant ce temps-là, vidait à grandes lampées la dernière cruche de whisky blanc qui restait dans les cabanes. On avait réussi à en sauver une, prévoyant, avant de plonger dans l'eau froide le fils de Thaddée, qu'on aurait besoin d'une bonne cruche pour lui rendre son sang chaud, au héros de la baie.

— Et qui c'est qu'est le prochain à se faire neyer ? demanda Boy à Polyte.

— La prochaine fois, faudra trouver un autre tour, répondit Basile, si on veut pas se faire pogner.

On raconta au pays plus tard que ce jour-là, les hommes de la baie avaient pris une abondance d'éperlans qui, ayant bu tout le rhum et toute la bière qui coulaient des cabanes, avaient mordu sans discernement à toutes les lignes.

Le même soir, à la forge des Allain, on discuta longtemps sur les moyens de se protéger contre les inspecteurs, à l'avenir, tout en sauvant ses cruches.

Puis Thaddée demanda si quelqu'un avait aperçu le Ferdinand.

Non, on n'avait pas vu Ferdinand, personne.

Comme ça, c'était des officiers de pêche qui avaient fouillé, et non pas des douaniers.

C'était tout pareil.

Mais non, c'était point pareil. Les officiers de pêche ne cherchent pas la boisson, mais les huîtres.

— Moi, je mettrai ni mes huîtres sous le nez d'un douanier, ni ma bière aux mères sous cti-là d'un officier de pêche. Je mettrai ma fiance dans parsoune.

C'était Jos à Pit qui avait parlé. Et tous les hommes hochèrent la tête de haut en bas. Dans ce pays-là et en des temps pareils, fallait se fier à personne.

CHAPITRE XVI

Mariaagélas était appuyée sur la clôture de lices et elle riait. Elle avait beau jeu de rire, la fille des Gélas. Car là, sous ses yeux, se démenait son ennemie, la veuve à Calixte, pelle à la main et le visage ruisselant. Elle travaillait de tous ses muscles, la veuve, à creuser son septième trou en quinze jours. Maria contemplait le spectacle et riait. Cette fois, elle l'avait eue. Et avec le bœu', par-dessus le marché. Il avait bien joué son rôle, le bœu' de garde à Ferdinand… ou aux Gélas… ou aux sœurs, on ne savait plus à qui il appartenait. La veuve à Calixte non plus ne le savait point. Car le bœu' s'était si bien promené de grange en forge et de clos en clos, qu'il avait perdu son identité, quasiment ses origines. Elle ne savait plus qu'une chose, la veuve à Calixte : la bête servait à camoufler la marchandise des contrebandiers ; et il fallait la démasquer. Pauvre veuve ! Elle aurait bien dû comprendre que Mariaagélas ne cacherait pas deux fois de suite ses barils au même endroit, et que le bœu'… Elle riait, Mariaagélas. Le bœu' maintenant ne lui servait plus qu'à faire courir la veuve à Calixte.

Pourtant, il fallait admettre qu'elle était tenace, la sainte femme. Elle avait eu le revenant. Quasiment le bœu'. Et un jour… Elle leva la tête du côté du clayon et aperçut la Gélas.

— Heh! qu'elle fit. Ça serait-i' ben que la forlaque du sû arait dans son étention de…

Mais elle n'eut pas le temps d'achever sa phrase qu'elle vit la Maria sauter la clôture et s'en venir droit sur elle. Ah! oui! Ah! si c'est de la chamaille que ça cherche, ça; par exemple, que ça vienne et que ça approche. Ça pourrait apprendre, ça s'adonne, qu'une descendance des Tchaissie du nord rentrerait pas les poings dans ses poches devant une Gélas du sû. Ça s'adonne-t-i' pas que non.

…Mariaagélas passa juste sous le nez de la veuve à Calixte et éclata de rire. Puis la veuve la vit s'en aller du côté de la dune, droite et digne comme une reine de Saba.

— Peuh! fit la veuve.

Et elle donna un grand coup de pelle dans la terre gelée.

— Je finirons ben par la prendre la main dans le sac.

La grange à Fardinand n'était pas tout à fait située au nord, et pas tout à fait au sud non plus. C'était difficile à savoir au juste de quel bord se tenait le douanier. Dans ces pays-là, vous comprenez, on ne délimite pas si facilement les terres. N'allez pas croire qu'il passe tous les ans des arpenteurs pour démêler ce que la mer, les barachois, les rivières et les anses continuent d'embrouiller depuis des siècles. Non, ce n'est pas si facile que ça. On a vu comment le Lac-à-Mélasse s'était fait ballotter d'une paroisse à l'autre au gré des rivières et des ruisseaux qui l'alimentaient. Le long des côtes, toutes les buttes, et tous les bois, et toutes les terres sont ainsi livrés aux courants d'eau qui les défigurent à ne plus savoir en dessiner la topographie.

…C'est comme ça que la grange à Ferdinand en était venue à ne plus appartenir au sû, ni au nord.

Et puis, il ne faut pas oublier la rivalité de la Petite-Rivière et de la Rivière-à-Hache. Ah! celles-là, elles étaient sorties au moins du Déluge. Et chaque année, elles déplaçaient légèrement leur lit, qu'on aurait dit qu'elles le faisaient exprès. Figurez-vous alors l'état des clôtures qu'on devait déménager à chaque période de grandes marées. Et figurez-vous les voisins de chaque côté d'un même clayon qui assistaient, eux, à ce ballet des bras de mer et des cours d'eau. Par exemple, tandis que la Petite-Rivière grugeait un petit brin sur la terre des David à Louis, les Louis à Pierre arrondissaient leurs champs de foin salé à même la Rivière-à-Hache. Ah! ce n'était pas facile de démêler tout ça.

…Et la grange-à-Ferdinand ne savait plus si elle était du nord ou du sû.

Avant son appartenance aux douanes, le Ferdinand se faisait tirailler d'une forge à l'autre, chacune le réclamant pour sien.

— Fardinand est du nôrd, disaient les Allain.

— Sa grange est au sû, répondaient les Gélas.

Et Ferdinand, sans s'en préoccuper, chiquait dans la forge des Gélas et crachait dans celle des Allain.

Mais depuis que le gouvernement l'avait fait douanier, on ne le réclamait plus, mais on se le garrochait.

— Il est du nôrd, le Fardinand.

— Gardez-les dans le sû, votre douanier.

— Gardez-les toutes, vos inspecteux, pis vos officiers de pêche, pis vos fouilleux de cabanes; gardez-les toutes en dehors du pays.

C'était la seule idée qui ralliait tout le monde, le nord comme le sû.

Le grand Vital s'en était venu à la brunante trouver Bidoche qui pêchait tranquillement l'anguille au fond du barachois. Il lui parla longuement, à ce que rapporta tout de suite après le petit-gars-à-Thaddée qui patinait sur l'étang, juste à côté. Bidoche, comme les pêcheurs d'huîtres et d'éperlans, avait percé un trou dans la glace et y dardait son nigog. Il avait déjà trois ou quatre bonnes anguilles au fond de son seau, le Bidoche, quand le petit-gars-à-Thaddée avait vu approcher le grand Vital. La veuve à Calixte et Basile à Pierre voulurent savoir ce que le grand Vital avait bien pu dire au Bidoche, mais le petit-gars-à-Thaddée n'avait rien entendu.

— Ben quoi c'est qu'i' avait de l'air?

— Quoi?

— Ben le Vital, quoi c'est qu'i' avait l'air de dire, asteur?

— Je peux pas vous dire, j'ai rien entendu. J'avais trop frette aux pieds.

Décidément, le petit-à-Thaddée, il avait l'ouïe trop basse.

— Quand c'est que ç'a ni compornure, ni jarnigoine, se plaignit la veuve, je sais ben pas ce que ça va faire sus les étangs gelés.

Ça allait patiner, tout simplement; mais cette idée-là ne pouvait pas venir à l'esprit de la veuve à Calixte.

Il lui vint pourtant une idée, à la veuve, une idée qui n'avait l'air de rien mais qui pouvait faire son chemin à rebours jusqu'aux goélettes et jusqu'aux Îles Saint-Pierre-et-Miquelon. Il fallait la garder, cette idée-là, ne pas s'en armer tout de suite. En attendant, elle en avait bien assez à suivre le grand Vital.

Cette fois, pourtant, son flair l'avait trahie. Car si elle avait su lire un peu mieux les étoiles, elle aurait deviné qu'il fallait partir non pas aux trousses du grand Vital, mais du Bidoche.

Il s'en alla tout droit à la grange à Fardinand, le Bidoche. Puis, accompagné du douanier, il prit le sentier de la dune et aborda la baie par le sud-suroît.

On ne sait pas encore à l'heure qu'il est s'il faut croire la version de Pierre à Tom ou celle de Johnny Picoté. Est-ce que vraiment, comme l'on a prétendu, toute l'affaire était l'œuvre du grand Vital? Le chef contrebandier cherchait-il à jeter les pêcheurs d'huîtres dans les pattes des officiers? Ou aurait-il été lui-même fort surpris de la découverte que fit le Ferdinand dans les cabanes de la baie? Car selon le meilleur chroniqueur des côtes, le grand Vital aurait voulu simplement démontrer au douanier qu'il n'y avait pas de boisson dans les cabanes, rien de plus.

Le fait est, qu'il y avait autre chose…

Pauvre Ferdinand! De tous les habitants du pays, il devait être le plus embarrassé. Figurez-vous un douanier qui découvre, sans les chercher, des ponchons d'huîtres pêchées illégalement et cachées partout sur la baie, dans les cabanes de ses compères et voisins.

Le même soir, tous les pêcheurs se réunissaient dans une seule forge, celle des Allain. On sacra et cracha jusqu'aux petites heures du matin... C'est ben, on lui avait rien demandé, au Fardinand, ben s'il le prenait de même, par exemple... C'était clair asteur de quel bord il se tenait, le douanier. Et pis les huîtres, ça le regardait-i'? hein? C'était-i' de ses affaires? Depuis quand c'est ouère que les huîtres, ça vous saoule un houme? Et pis pourquoi c'est ouère que c'est défendu dans c'te saison-citte putôt que c'telle-là? et dans c'te baie-citte putôt qu'un autre? Hein? pourquoi c'est ouère? Il allait fallouère qu'i' se défende, le Fardinand, et qu'i' baillit aux pêcheux des explications.

— Ben avant ça, dit Polyte, j'avons besoin de trouver des esplicâtions à bailler aux houmes du gouvarnement: ils allont sartainement pas quitter ça là.

Polyte avait vu juste: on ne laissa pas ça là. Il s'en vint à la Baie, quelques jours plus tard, quatre officiers pour saisir les huîtres et fouiller chaque cabane, grange, forge, hangar et bâtiment susceptible de cacher un seul coquillage. On fit ouvrir jusqu'aux caves à patates enfouies sous la neige et cadenassées pour l'hiver.

— Ils avont passé toute la côte au peigne fin, conta plus tard Pierre à Tom.

— Et ils en ont trouvé?

— Pas grand-chose. Vous compornez, dit-il en souriant du bout du nez, les pêcheux sont pas pus fous que les officiers de pêche: ils étiont point pour espèrer qu'ils les pogniont sus le faite.

Puis riant de tout son ventre, il ajouta:

— Y a jusqu'aux chats pis les cochons qu'avont mangé des huîtres c'te nuit-là.

On en parla longtemps, le long des côtes, de la saisie des barils d'huîtres. Et le rôle qu'avaient pu jouer dans cette histoire le grand Vital et le Ferdinand. Quant à Soldat-Bidoche, personne ne lui en voulut. Cependant plusieurs cherchèrent à faire le lien entre sa mission auprès du douanier, et sa libération mystérieuse de la nuit de Noël. Était-ce le Ferdinand ou le grand Vital qui avait payé la rançon?

— Ou ben la Mariaagélas?

La Mariaagélas, pendant toute la journée de l'enquête, se tenait tout proche de la chapelle des sœurs et guettait: advenant aux officiers de pêche l'idée d'aller fouiller de ce côté-là, elle était toute prête, la Maria, à faire rouler ses barils en bas de la côte, jusqu'au grand trou qu'elle venait de creuser dans la glace. Mais heureusement pour elle et pour les hommes de la Baie, les inspecteurs n'eurent pas une idée aussi sacrilège.

...Heureusement aussi pour les Américains de la frontière avec qui le grand Vital entretenait de plus en plus de relations.

CHAPITRE XVII

Au pays des côtes, en ces années-là, passait parfois un étranger : un missionnaire, un quêteux, un vendeur de brosses ou de machines à coudre. Le petit Syrien surtout attirait le monde. Parce que lui, il vendait un peu de tout : du fil, des outils, du coton, du tiriac, de la poudre, des crayons et l'Almanach du Peuple. Il distribuait en plus des histoires, le petit Syrien, des histoires qu'il recueillait un peu partout dans ses voyages. Aussi les gens des côtes avaient-ils toujours hâte de voir arriver son camion.

Mais un jour, et c'est précisément en cet hiver des années '20 ou '30... qui avait vu déjà pas mal d'événements extraordinaires se dérouler le long des côtes, le petit Syrien déchargea de son camion de hardes et d'outils, une douzaine de grosses boîtes assez mystérieuses. L'arrivée du colporteur fit le tour de la baie en sautant d'une bouche à l'autre, de butte en butte et de pointe en pointe.

— I' a-t-i' des coupons d'indienne et pis de flanellette ?

— Ouais, ben i' a des boîtes itou. C'est pas comme d'accoutume ; je savons point ce qu'y a dedans.

— Ah ?...

Et les boîtes aussi firent le tour de la baie. On les remplit d'huîtres, de bagosse et de rhum de la Jamaïque. On les aurait bourrées de cadavres coupés en petits morceaux si le mystère avait duré une journée de plus. Mais le colporteur lui-même se chargea de livrer sa marchandise.

Il vint d'abord cogner au presbytère, le petit Syrien. La veuve à Calixte le vit causer assez longuement avec le curé sur le perron de l'église, puis les vit tous les deux se rendre à la sacristie. La veuve pouvait trouver, sans forcer son génie, cinquante-six raisons de passer par la sacristie et en avoir le cœur net... Mais pour qui c'est ouère qu'on la prenait, hein ? Pour une curieuse ? une projeteuse ? Tout de même... Et elle passa outre, sans se détourner, comme une vierge et martyre qui vient de sauver sa vertu.

Elle était pourtant chancelante, sa vertu. Car à peine la veuve avait-elle fait dix pas qu'elle rebroussa chemin et s'en vint attendre la suite des événements, accotée sur l'Ecce Homo. Elle n'eut pas à attendre longtemps. Les deux hommes sortirent de la sacristie, se serrèrent la main, et le colporteur retourna à son camion.

— Hé ben ! se dit la veuve.

Mariaagélas se trouvait justement dans le champ des sœurs, quand elle vit approcher la camionnette du Syrien.

— Ouais, s'interrogea la Maria, les poings dans les poches et le nez en l'air. Quoi c'est ben qu'i' peut colporter asteur ?

Et le petit Syrien s'en vint sonner au couvent.

Mariaagélas se retourna juste à temps pour voir arriver au bout de son souffle la veuve à Calixte. Elle voulait bien laisser le curé régler tout seul ses affaires, puisqu'il le prenait de même ; mais les sœurs, ça c'était une autre paire de manches. Elle avait toujours été dévouée au couvent, la veuve à Calixte, et serviable comme pas une. Toute la communauté pouvait témoigner de son zèle et de son désintéressement. Qui c'est qu'avait vendu la jument, hein ? Une vieille jument plus sourde qu'un pot et qui clopait des quatre pattes. Et qui c'est qu'avait averti les sœurs que le bedeau leur volait des pleins minots de pommes à chaque mois d'août ? Et qu'avait averti la Supérieure que toutes les sœurs ne gardaient point le silence pendant la retraite de huit jours ? Ah ! oui, elle les avait vues, les petites novices, pouffer de rire et se parler à l'oreille dans le jardin, en pleine retraite du 15 août. Personne ne pouvait rien trouver à redire sur le dévouement de la veuve à Calixte. Et voilà que pour toute récompense, les sœurs achetaient le bœu' des Gélas sans la consulter et le revendaient sans la prévenir. Et pour comble, le petit Syrien qui sonnait à leur porte.

Le petit Syrien déchargea au couvent les douze boîtes de carton scellées. Mariaagélas et la veuve à Calixte se regardèrent pour la première fois de leur vie avec un sentiment de complicité. Pour des raisons différentes, elles avaient toutes deux un imminent besoin de connaître le contenu de ces boîtes et, dans une sorte d'entente tacite, elles marchèrent côte à côte vers le couvent.

Mariaagélas et la veuve à Calixte durent rester sur leur faim, ce jour-là, et voir partir le camion du petit Syrien sans en savoir plus long. Car en croisant les deux femmes, le colporteur ralentit et leur chanta de sa fenêtre en roulant fort les « r » :

> *Si vous ne me mariez,*
> *Je ferai du carnage;*
> *Je f'rai sauter le bœu'*
> *Dans tout le jardinage.*

Et le petit camion sauta sur les cailloux et les grignons, laissant les deux mégères se débrouiller avec leurs problèmes.

Elles se débrouillèrent, en effet, chacune à sa façon.

Pour dérouter Mariaagélas, la veuve partit d'un pas tranquille vers le pont, avec l'air de quelqu'un qui n'a rien à cacher. Mais cet air de rien et ce pas tranquille seyaient si peu à la veuve à Calixte qu'ils ne réussirent pas à tromper Maria. La fille des Gélas n'était pas née d'hier tout de même. Tant pis, elle finirait bien par la rattraper. Pour l'instant, les boîtes: c'était le plus urgent. Car depuis que la contrebandière cachait sa marchandise sur la terre des sœurs, elle devait suivre de près chaque démarche et chaque transaction de la communauté. Elle n'avait pas longtemps étudié, la Maria, mais elle savait d'instinct que dans ce genre d'affaires, on ne peut rien laisser au hasard. Et elle partit vers le couvent.

Pendant ce temps-là, la veuve à Calixte faisait un quart de tour, rendue aux cages à renards, et coupait à travers le pré des Dan à Majorique. Elle traversa le champ, suivit la haie de cenelliers et aborda le jardin des sœurs par le verger. Elle était suffisamment un familier de la maison, la veuve, pour avoir ses entrées partout. Et elle pénétra dans le couvent par les cuisines.

La plus étonnée fut la Supérieure. Car demandée en même temps à la porte d'en avant et à celle d'en arrière, elle avait fait conduire les deux visiteuses au parloir. Mais elle ne trouva plus personne quand elle s'y rendit. Car ni la veuve à Calixte ni la Mariaagélas ne tenait à livrer à sa pire ennemie le fond de sa démarche. Quand elles s'étaient avisées, l'une en face de l'autre, en plein parloir du couvent, sous le portrait agrandi du fondateur de la paroisse, elles avaient toutes deux décampé par la plus proche sortie. Et la Supérieure retourna perplexe à la chapelle en égrenant des Avé.

Elles devaient pourtant finir par tout savoir, les pauvres femmes, mais en même temps que la paroisse entière. À leur grand dépit, elles devaient même l'apprendre de la bouche du plus humble et plus innocent citoyen du pays : Bidoche.

Il lui arrivait, au Bidoche, d'accomplir parfois des petites besognes pour les sœurs. Il n'était pas regardant à l'ouvrage, le pauvre, et pas chèrant. Et puis, aucunement dangereux. La supérieure avait demandé un jour au curé :

— Monsieur l'abbé, vous ne pourriez pas nous trouver un homme d'ouvrage qui n'aimerait pas les femmes ?

Ce à quoi le brave prêtre avait répondu :

— Non, ma Mère, ça n'existe pas ; mais je peux vous en trouver un que les femmes n'aimeront pas.

Et il avait envoyé Bidoche.

Or c'est précisément à Bidoche que la sacristine avait confié la besogne de ranger les boîtes.

— Tu les porteras dans la petite chapelle, là-bas, au bord de l'eau. Et puis fais attention : ça se casse.

Bidoche en prendrait grand soin, la sœur n'avait pas à s'inquiéter. Il partit tout fier vers la côte, en tirant sur sa traîne bien chargée de chandelles et de lampions tout neufs. Il aimait bien, Bidoche, qu'on lui confiât de ces missions aussi délicates ; il aimait prouver qu'il était capable de charroyer même des lampions. Ce jour-là, s'il s'était écouté, il se serait senti de taille à transporter seul une lampe du sanctuaire, ma grand foi ! Et puis, qui sait ? peut-être qu'un jour, le prêtre le nommerait, lui, le petit Bidoche à Bidoche Ouellet, pour porter le dais à la Fête-Dieu… Et comme Perrette avec son pot au lait, le héros de la procession glissa sur une mare de glace surgie de la neige comme par hasard, et sa traîne partit seule en bas du cap.

Mariaagélas, cachée derrière la chapelle blanche, soupira de satisfaction. Son stratagème avait réussi : on ne violerait pas son sanctuaire. Et toute compatissante, elle s'approcha pour consoler Bidoche.

Il en avait grand besoin, le pauvre. Pourquoi le sort s'en prenait-il toujours à lui ? Mais qu'est-ce qu'il avait fait au Bon Dieu, le Bidoche ? Mariaagélas ne voulut pas le laisser dans cet état ; et l'aidant à recharger sa traîne de lampions et de chandelles cassés, elle lui dit :

— Déconforte-toi pas, Bidoche. Tu diras aux sœurs que c'est le chien à Thaddée qui t'a sauté sus le dos, pis qu'a toute renvorsé.

— Le chien à Thaddée est mort au mois de juillette. I' s'a neyé.

— Ah ! c'est vrai. Ben, tu diras…

Mariaagélas leva la tête et aperçut son ennemie qui s'en venait à travers le cimetière.

— Tu diras, dit Maria en souriant malicieusement, tu diras que c'est la veuve à Calixte qu'a varsé son siau d'eau sale sus la neige et que ç'a fait une mare de glace. Et pis tu leu diras qu'a' l'a fait exprès, la sainte Nitouche, pour pas aouère à gratter d'autres lampions à la Chandeleur.

Bidoche regarda de travers dans la direction des tombes où la veuve faisait à grands frais ses dévotions. Elle lui avait fait rater sa lampe du sanctuaire, la misérable, et sa procession de la Fête-Dieu; elle avait fait dégringoler en bas du cap ses plus beaux rêves. S'il avait été capable de haine, le pauvre homme…

— Et pis, je dirai aux sœurs que c'est pas de ta faute. Déconforte-toi pas.

Elle avait du cœur, Mariaagélas. Pas autant que de la tête, mais elle avait quand même du cœur… un peu.

CHAPITRE XVIII

Les États étaient très loin de mon pays en 1920. On en parlait comme des pays chauds, comme des vieux pays. On disait : « Fidèle à Léon est parti pour les États », comme on aurait dit : « Malbrough s'en va-t-en guerre, ne sait quand reviendra. » Les États se situaient de l'autre bord, au-delà du portage, de la dune et de toutes les frontières qui gardaient la baie bien au chaud au creux des collines et des buttereaux. Ah ! oui, celui-là qui partait pour les États… ne savait quand reviendrait.

Il en était pourtant revenu quelques-uns. Les filles des shops, par exemple, ou le grand Vital. Mais ils en gardaient toute leur vie quelque chose de mystérieux et d'étranger. On savait tout sur le compte de tout le monde, de la Pointe-à-Jérôme au Ruisseau-des-Pottes. Mais qui pouvait se vanter de connaître la vie du grand Vital ? Toutes ces années passées là-bas, à patenter et trafiquer quoi ? On en parlait, comme ça, autour de l'enclume des Allain, ou du tapis que venaient crocheter les femmes dans le bord plâtré de la vieille Pierre Crochu.

— Si i' faisait de la grosse argent, là-bas, pourquoi c'est ouère qu'il s'en est revenu par icitte?

— I' s'en est peut-être pas revenu de bon cœur, ils l'avont peut-être ben chassé.

Peut-être ben.

Surtout, c'est qu'il ne se mêlait pas au monde, le Vital. Comme si les affaires de la paroisse, ça ne le regardait pas.

— Ben quoi c'est ouère qui le regarde, d'abôrd?

Heh!... tout le monde s'en doutait à la Baie. Plus d'une fois il avait été aperçu, entre chien et loup, qui montait en canot d'écorce les cours de la Rivière-à-Hache; et il avait tout l'air de connaître par son petit nom chaque capitaine de goélette qui accostait dans n'importe quel port du pays, et depuis qu'il s'était acoquiné avec la Mariaagélas...

— Ah! parlons-en de c'telle-là!

Mais on n'en parla pas, car sa mère venait d'entrer.

Le cercle des crocheteuses n'eut pas le temps de faire l'étonné: la vieille Crochu en avait déjà fait le tour d'un coup d'œil qui disait à chacune des femmes de garder sa place et de se fermer le bec. La veuve à Calixte laissa pourtant un léger murmure lui grincer entre les dents, pour se soulager la conscience et l'estomac. Puis la vieille à Pierre Crochu tira une chaise et dit:

— Dégreye-toi, Arzélie, et viens houquer.

Arzélie à Gélas n'était point venue houquer. Elle cherchait sa fille, disparue depuis bientôt trois jours, sans laisser de traces. Elle se demandait si par adon...

Aussitôt toutes les femmes revirent Maria pour la dernière fois, l'une à la Butte-du-Moulin, l'autre au Portage, une autre près de la forge de son père à ragorner des écopeaux. Et l'on se mit à parler tout ensemble, puis à crier, puis à faire revoler les crochets...

— Pas si fort, pour l'amour de Dieu, s'imposa la vieille Crochu; c'est point une façon de monde, ça. Qui c'est qu'a aparçu Maria la darniére et à quel endroit?

Plus personne ne se souvenait de rien. Et les crochets défirent leur arabesque et se posèrent sur le tapis. La vieille Crochu reconduisit la femme à Gélas jusqu'au perron; et toutes les crocheteuses partirent tout de suite après porter la nouvelle.

En passant le seuil, la veuve à Calixte pensa:

— ...

Non, elle ne pensa rien. Parce qu'il y aurait eu dans le village assez de mauvaises langues pour aller projeter partout qu'elle était jalouse. Elle salua d'un coup de tête la maîtresse de maison et s'en fut.

Quand Gélas apprit que sa femme avait fait le tour de la paroisse en quête de sa fille, semant la nouvelle de sa disparition à tous les vents:

— Saprée folle! qu'il lui dit.

Et il fit revoler un autre barreau de sa chaise.

Mais Arzélie Gélas savait d'expérience que tous ces barreaux de chaises achevaient leur règne dans le poêle de la cuisine, et ne broncha pas. Gélas dut finir par se radoucir encore une fois et demander à sa femme dans quel quartier de lune elle avait laissé sa tête.

— Peuh! dit la femme, si quelqu'un doit saouère quoi c'est qu'y a dans la lune, c'est ben, i' me r'semble, c'ti-là qu'a jamais les pieds sus la terre.

Gélas ne fit pas mine d'avoir entendu. Puis il ajouta :

— Je ouas pas quoi c'est qui t'intchète. Maria est point le genre de façon de fille qui va laisser un ours y manger les ous, ou ben la glace de la baie y craquer sous les pieds. Si elle est partie, c'est parce qu'elle avait affaire.

La femme à Gélas ne se laissa pas consoler si facilement. Et les seuls mots de «gros ours qui mange les ous» et de «baie qui craque sous les pieds» lui donnèrent de grands coups de bottes dans le ventre.

— Je m'en vas aller ouère Fardinand, qu'elle dit.

Et Gélas comprit qu'il n'empêcherait pas sa femme de réaliser ce projet-là.

...D'ailleurs, il n'était pas si sûr lui-même que les ours et la baie... Quoi c'est donc qu'elle avait tant à courir aussi, la Maria? Fallait-i' à tout de reste qu'elle faisit l'ouvrage d'un houme, asteur?... Ah! pour ça, la petite bougresse, elle en valait ben dix, choisis d'entre les meilleurs. Son père se rappelait quand elle avait pris le commerce de la gazette, pas pus haute que ça, et qu'elle partait, son sac sus le dos, jusque dans les goélettes et les trois-mâts venus de l'étrange. Elle avait commencé très jeune itou à brasser de la flacatoune dans la forge de son grand-pére. Et pis ce fameux coup de poing dans l'œil à la maîtresse d'école, tout le monde s'en souvenait. Ah! elle était point aisée, la Maria, une vraie Gélas jusqu'à dans les ous... Hé non, elle se laisserait point manger par les ours, même en pleine fonte des neiges quand i' sortent du bois, les godêche! C'est au printemps que les ours avont faim et qu'i' discernont pas un bon d'un méchant. T'as beau les laisser tranquille, en ce temps-là. Tit-Lou à Magloire s'en souviendra toute sa vie qu'y a un temps dans l'année où c'est qu'un houme doit pas s'aventurer dans les bois… et pas s'enfarger dans un nique d'ours qui dorment encore. Ils l'avont trouvé déchiré à coups de griffes de l'échine au cagouette, Tit-Lou à Magloire, et ç'a pris des mois au ramancheux pour le raccommoder. Pourquoi c'est ouère itou que le grand Vital envoye pas son Casse-cou dans les bois? La Maria est pus sûre sus la baie. La glace, a' counaît ça. Même au printemps… Maria sait qu'à la fonte des neiges, les glaces sont brangeolantes et qu'on s'aventure pas dessus sans un bon pic. Avec un pic on peut tâter son chemin entre les craques, même la nuit.

— Ah! la Maria, pourquoi c'est ouère itou qu'elle a pas fait coume les autres! hurla Gélas en colère. Sa tante Clara, a' y a ben été, yelle, aux shops!

Ce cri qu'il refoulait depuis un bon moment le calma. Il se souvint alors que Claraagélas, sa sœur cadette, n'en était jamais revenue, des shops à homard, et qu'il y aurait bientôt quinze ans qu'on n'avait pas eu de ses nouvelles. Peut-être ben que Maria, après tout, avait mieux choisi. Et décrochant du mur un pic à glace et un vieux fanal, Gélas partit vers la baie.

Ferdinand comprit, en voyant arriver la femme à Gélas, ce qu'on attendait de lui. Il connaissait déjà la nouvelle de la disparition de Maria, la veuve à Calixte ayant passé à sa grange.

— Assis-toi, Arzélie.

Dans les circonstances, Ferdinand était le seul qui pouvait grouper tous les hommes de la Baie et partager les tâches. Il s'agissait de perdre le moins de temps possible. Des morceaux de glace s'étaient décrochés de la masse et flottaient doucement, en s'entrechoquant, vers le goulet. Quand ils auraient atteint la mer…

— Un groupe doit encercler la baie, dit-il, avec des fanals et des borgos.

Quant aux bois, valait peut-être mieux attendre au matin.

— Non! hurla la mère Gélas.

Et Ferdinand comprit qu'il avait une double tâche sur les bras.

Boy à Polyte et les jeunes fringants du Ruisseau-des-Pottes s'offrirent pour le bois. Ils avaient vu des ours avant asteur. Puis ils en avaient tué, et plumé droite là dans la neige.

À ce moment-là, la veuve à Calixte entra chez le Ferdinand, écarta tout le monde de son chemin et finit par lâcher sa nouvelle.

— Y a eu un vol de commis au couvent.

Le coup porta comme une bombe. Ça commençait à sentir la tragédie dans la paroisse. Vol, rapt... quel crime annoncerait-on après? Et les femmes se mirent à se lamenter en songeant à la pauvre Maria sans défense entre les mains d'un maniaque qui vole dans les couvents. Seule la veuve à Calixte pensa que le plus à plaindre, en l'occurrence, pouvait être le voleur, mais elle se tut, craignant de se faire écorcher vive. Elle n'en ajouta pas moins:

— C'est un drôle de bandit qui vole des habits de sœurs.

L'assemblée resta interloquée. Puis reprenant ses esprits, chacun songea qu'il valait mieux chercher Maria dans les granges et les hangars abandonnés.

— Ouais, reprit la veuve, ça s'est passé comme cecitte. La sœur fermière laisse tout le temps ses bounes hardes accrochées dans le portique du couvent, quand a' s'en va à la grange, et se greye en brayons. Ben

avant-z-hier au souère, ses bounes hardes avont disparu le temps d'aller tirer les vaches, et la boune sœur
a resté dans ses guenilles.

L'image de la nudité de la sœur sous ses guenilles fit
frissonner les femmes et frétiller les hommes. Décidément, c'était un drôle de voleur pour voler des hardes
de sœur.

CHAPITRE XIX

Mariaagélas fut très étonnée, en ce matin de printemps, de trouver son village tout en émoi. Elle venait d'accomplir sa première mission outre-frontière, la Maria, et n'avait pas songé aux alibis. En apprenant que toute la paroisse l'avait cherchée pendant trois jours au fond des bois et de la baie, elle comprit qu'il lui fallait fournir sur-le-champ des explications. Mais allez trouver comme ça une explication qui tranquillise en même temps le désespoir de la mère Gélas, l'inquiétude de la vieille Crochu, les doutes de la veuve à Calixte et la curiosité du reste de la paroisse. J'en connais qui se seraient arraché les cheveux. Pas Mariaagélas. Elle commençait à connaître son monde et elle prenait du métier.

— Ouf! qu'elle rit, j'ai cru que j'allais y rester.

Et tous les chiqueux de la forge et les crocheteuses de tapis entourèrent la rescapée.

Maria avait assisté bien des fois, enfant, à des veillées de contes chez le grand-père à Boy à Polyte à Jude, le dénommé Jude qui racontait si bien des histoires qu'on finissait par croire qu'elles lui étaient arrivées personnellement. Il terminait invariablement son conte par ces mots : « Et pis y a eu un grand banquet pour fêter la princesse, et tout le monde était invité, à part de moi ; ils m'avont point aparçu dans le coin du château. Ça fait que j'ai happé une spane de chevaux qui passait par là et je m'en ai venu droite icitte vous conter l'histoire. » Maria savait bien qu'elle ne ferait pas avaler ce genre de conte aux durs à cuire qui l'avaient cherchée trois jours dans les bois.

— Je m'en ai été prendre une marche sus la baie, commença-t-elle sans calouetter, pour ouère si la glace pouvait tenir jusqu'à l'Île-aux-Puces. Parce qu'il y a du poulamon par là. Ben la brunante m'a fessée en chemin pis je m'ai aparçue que je trouvais pus mes pistes. J'ai cartchulé qui valait peut-être ben mieux faire mon nique sus l'île pour la nuit et m'en revenir au petit jour. C'est ça que j'ai fait.

La conteuse jeta alors un rapide coup d'œil à la ronde et, constatant son effet, s'enfonça dans son histoire de plus belle.

— De bon matin, je me réveille, rouvre les yeux jusqu'aux usses et je ouas la glace nouère de monde.

— Des matelots ! s'écria Boy à Polyte.

Et tous les hommes se prirent le ventre de rire.

— Des loups-marins, si tu veux saouère.

— Quoi ? Sus la glace ?

— De quel bord ?

Marlaagélas, voyant l'intérêt revenu, s'accorda tout le temps qu'il lui fallait.

— Ousqu'ils sont passés, les verrats ?

— À la mer, répondit Maria. Y en avait pas moins de cinq mille, ma foi du Bon Djeu !

Et la conteuse, avec le moins de mots possible, pour ne pas trop s'enfarger dans l'invraisemblance, raconta comment elle avait réussi à en tuer une dizaine avec le manche de son pic ; puis comment la glace s'était mise soudain à craquer tout autour d'elle, pendant qu'elle voyait toutes ces splendides fourrures de loups-marins s'enfuir vers le large.

— Tout d'un coup, dit-elle, j'ai entendu une façon de train me gigotter les tampons d'oreilles et crac ! j'ai vu des gazons grous coume la motché de la dune se décrocher tout autour de moi et partir dans le courant. Je restais toute fine seule plantée avec mes peaux sus un morceau de glace pas pus large que la place de la cuisine chus nous, et je tremblais coume une feuille.

Chacun s'empressa maintenant de terminer la tragédie sans l'aide de la conteuse. On la faisait sauter d'un glaçon à l'autre, glisser à l'eau, remonter péniblement sur la glace, perdre ses peaux une à une, dériver pendant deux jours, manger de la neige salée, cracher, vomir, quasiment trépasser, puis rentrer enfin comme une ressuscitée avec la peau pis les ous.

Maria prit aussitôt une mine décharnée et baissa le ton pour dire :

— Trois jours de même, j'arais jamais cru qu'une parsoune passerait à travers.

C'était la première phrase vraie qu'elle disait depuis son retour.

Depuis quelque temps, Mariaagélas, de sa petite chapelle au bord de l'eau, avait pu observer à loisir les allées et venues de la sœur fermière qui se rendait trois fois par jour à l'étable du couvent. Et on n'avait pas besoin d'avoir étudié longtemps dans les collèges pour comprendre que la souquenille que portait la fermière à la grange, la sœur ne la traînait pas jusqu'à la chapelle ou à la salle de communauté. Elle avait tout compris ça, Mariaagélas, de son poste d'observation. Et un jour, quand tout fut prêt…

Le grand Vital avait laissé plusieurs cousins aux États aussi habiles, aussi secrets et aussi riches que lui. Et sans que personne n'eût jamais su le fond de la vérité là-dedans, tout laisse croire que ces Américains pratiquaient le même métier que leur cousin du Canada. Restait à établir la liaison entre la baie et les États, sans s'enfarger dans les questions administratives de la frontière. Seule Maria… Et le grand Vital s'en était remis à la fille des Gélas…

C'est ainsi que la fille des Gélas s'était vu confiée sa première mission en terre étrangère. Elle ne pouvait se payer le luxe de la faire échouer. Les femmes du rang de Mariaagélas ne rencontrent pas deux fois dans leur vie la chance : faut l'empoigner à deux mains quand elle passe. À deux mains. Et Mariaagélas dépensa, pour réussir ce coup-là, plus de génie qu'elle n'en avait utilisé tout le reste de sa vie.

Elle avait étudié pendant plusieurs jours le rythme du couvent, les va-et-vient de la sœur fermière, le cérémonial de l'habit religieux. Puis, le moment venu, elle s'était glissée comme un chat-cervier entre les bâtiments, les colonnes de la galerie, se faufilait dans le portique… et le même soir, elle approchait déjà de la frontière.

Les douaniers canadiens étaient de braves baptistes de l'Église unie qui ne connaissaient pas beaucoup les mœurs de l'Église catholique romaine. Et ils ne firent

pas d'histoires. Ils saluèrent la religieuse bien bas et :
Bon voyage!

Et de l'une.

Les douaniers américains, à cent pieds plus loin, étaient de chaleureux catholiques irlandais, fervents et capables, chaque fois que l'occasion s'en offrait, de donner leur vie pour l'honneur de leur Mère la Sainte Église. En voyant approcher cette Buick triomphante aux rideaux fermés, ils voulurent jeter un coup d'œil sur le siège arrière. Mariaagélas enfonça alors le cou dans la guimpe empesée et s'accrocha au rosaire qui lui pendait à la ceinture comme à une corde de sauvetage. Les catholiques américains firent aussitôt une profonde révérence et l'un d'eux faisait déjà le geste du laisser-passer, quand l'autre se ravisa :

— Alone, Sister?

Les Irlandais fervents se regardèrent alors avec étonnement et cherchèrent à comprendre. Quand enfin Mariaagélas saisit le sujet de leur trouble, elle se hâta de leur expliquer, dans un mélange de français de couvent et d'anglais de la forge, qu'elle s'en allait justement dans un hospice du Maine chercher sa compagne. Les douaniers, éclatant d'un gros rire satisfait, mais respectueux, souhaitèrent à leur tour bon voyage à l'équipage religieux qui emportait aux États la plus précieuse marchandise du grand Vital.

— Thank you!

— Good bye!

Ouf!... et de deux.

Casse-cou se tourna alors vers la Sœur Mariaagélas et, intimidé par le costume, il bégaya :

— Ousqu'on va déniger une sœur dans le Maine qui va consentir à s'en venir avec nous autres à la Baie?

155

Mariaagélas regarda avec mépris le brangeoleux et fit : peuh !... On est des aventureux ou on l'est pas ; qui risque rien n'a rien ; et pis la nécessité est la mère des inventions. Elle aurait, comme ça, continué d'enfiler des proverbes jusqu'au Massachusetts pour se donner de l'assurance ; mais en dix secondes, elle avait déjà épuisé son répertoire. Elle dut se rabattre sur une autre forme d'argumentation. Et en fidèle descendante de huit générations de Gélas qui avaient tous fait confiance à la vie dans les pires moments :

— Sacordjé du Bon Djeu, qui vivra verra, qu'elle dit. Pas utile de commencer à se gratter avant que ça nous demange..

Et la Buick emporta sur les routes américaines une religieuse assise sur une douzaine de caisses des meilleurs vins de Saint-Pierre-et-Miquelon.

Pauvre Casse-cou ! Le grand Vital n'avait pas eu jusqu'à ce jour à se plaindre de lui. Il n'avait jamais rechigné devant les pires besognes, Casse-cou Collette : sur la glace l'hiver ; dans les bois la nuit ; sur la route en toute saison et à toute heure ; soupçonné, poursuivi, traqué, il essuyait tous les coups. Il ne geignait devant rien, l'homme du grand Vital.

— Et quoi c'est qui te prend c'te fois-citte ?

C'te fois-citte, c'était point pareil. Il se sentait embarqué dans une aventure d'un autre ordre. Comme si le Capitaine Kidd soudain était parti à la quête du Graal avec les Chevaliers de la Table Ronde. Non, c'était pas son butin, ça, au Casse-cou, cette séance de couvent. Il était plus à l'aise dans un fond de cale de goélette entourée de douaniers, ou camouflé sous les broussailles du Chemin-des-Amoureux. Mais cette vision, chaque fois qu'il jetait un œil à son rétroviseur, de ce nez de

Gélas surgissant d'une coiffe blanche et empesée, lui donnait le frisson. Comme tous les gens de sa race, il était superstitieux, Casse-cou, et ne craignait que le diable.

…Pourtant il aurait bien dû savoir que le diable lui-même n'aurait pu rivaliser d'audace et d'ingéniosité avec Mariaagélas; et qu'une femme qui a eu raison d'une paroisse, et de la veuve à Calixte, ne saurait se trouver au dépourvu devant les douaniers. C'était très simple, aussi simple que l'œuf de Christophe Colomb : l'alibi qui avait réussi à la frontière américaine servirait à celle du Canada. Car si en allant, ce sont les États qui vous interrogent, au retour, ce sont les agents de sa majesté de l'Empire Britannique. Et Mariaagélas répondit aux douaniers canadiens qu'elle était allée conduire sa sœur compagne dans un hospice du Maine.

Casse-cou Collette bougonna jusqu'à la baie, pendant que Mariaagélas, les oreilles, le cou et la taille meurtris, souriait pourtant en songeant aux cent quarante-quatre cartons de cigarettes américaines qu'elle couvait sous ses jupes.

— Ouf! qu'elle répéta aux gens du pays qui écoutaient son récit avec un mélange d'admiration et de méfiance; j'ai vraiment cru c'te fois-citte que j'allais y rester.

CHAPITRE XX

Depuis la récente saisie des quarts d'huîtres sur la baie, Ferdinand ne sortait plus beaucoup dans le village. Il avait vieilli cet hiver, le Ferdinand. Son acoquinement avec le gouvernement ne lui avait pas porté chance. C'est ce qu'on racontait au pays. Mais au dire de la vieille Pierre Crochu, c'était la faute du pays, tout ça. Elle avait bien connu le Ferdinand, dans le temps...

...Sur l'empremier, quand sa première femme vivait, il était le plus fringant des jeunes pêcheurs de la côte. C'était lui qui avait organisé, entre autres méfaits, la plus longue charivari conservée dans les annales du comté. Une charivari faite au coquin de Dan à Majorique et qui avait duré vingt-huit jours, croyez-le ou pas. Vingt-huit soirs sous la lucarne à Majorique à varger sur des pottes et des chaudrons pour célébrer la noce de son fils Dan. Après quatre semaines, le marié s'était rendu et avait payé sa rançon aux fêtards pour avoir la paix. Tout le village s'était souvenu des noces à Dan à

Majorique. Mais Dan, lui, s'était surtout souvenu de Ferdinand. Et quand, bien des années plus tard, après quelques mois de veuvage, Ferdinand convola avec une petite jeunesse des terres d'en haut, c'est Dan à Majorique lui-même qui prit la tête de la charivari.

— Une charivari qu'avait un petit brin de malice, c'telle-citte, continua la vieille Crochu. Figurez-vous que pour se venger du Ferdinand, le petit verrat de Dan à Majorique y fit cracher, au boute de dix-sept jours, dix piastres pour payer à l'âme de la défunte deux grand' messes hautes. Vous voyez ça ? Deux messes de requiem pour la première femme tandis que le veuf convolait avec la deuxième. Ah ! c'était quelqu'un, le Fardinand, dans le temps.

Et la vieille Pierre Crochu en voulut au gouvernement d'avoir fait du pêcheur un douanier.

— Parsoune l'obligeait d'accepter, fit Basile en poursuivant la pensée de sa mère ; il était libre de dire «non».

Mais au fond, il savait bien, lui, Basile à Pierre, qu'un pêcheur à la petite journée, jamais sûr de la mer, des vents et de ses trappes, n'est pas si libre que ça de dire «non». Il aurait dit non, lui, Basile, si le gouvernement lui avait offert, au lieu d'au Ferdinand, ce gagne-pain confortable et assuré ? Et Gélas aurait dit non ? Et Polyte ? Et David à Louis ? Et Dan à Majorique ?

— Tu sais ben, Basile, dit la vieille, que c'est la faute du pays.

Basile fit mine de ne pas comprendre. Mais déjà sa mémoire plongeait dans les années, les hivers, les nuits où, sur la glace ou au large, il avait dû guetter le poisson qui ne mordait pas à son abouette. Près de quarante ans, il avait pêché, le Basile à Pierre Crochu : les coques, les huîtres, les palourdes, la morue, l'éperlan, le homard… et rien de tout ça ne l'avait enrichi, non, pas même le homard. Quelqu'un quelque part vendait à gros prix, mais le pêcheur végétait toujours dans sa doré ou sa cabane à éperlans.

…Basile se rappela l'année dix-neuf cent quelque… où l'on avait condamné les huîtres de la baie. Contaminées, qu'on avait dit. Comme si! Heh!… Et quoi c'est ouère qu'arait pu contaminer les huîtres de la baie, asteur? Son pére, Pierre Crochu à Pacifique, et son grand-pére, Pacifique à Georges, et tous ses aïeux jusqu'au premier des Allain crochus exilés sur les côtes, aviont-i' point pêché les huîtres sus c'te baie avant son grand-pére, son pére pis lui? Si les huîtres aviont eu à se faire contaminer, pourquoi c'est ouère qu'ils ariont espéré son avènement à lui, Basile à Pierre, et qu'ils étiont bounes du temps que pêchiont les Anglais le long de la baie? Ah! non, les huîtres, les pêcheux counaissiont ça aussi ben que les docteurs, les officiers et les houmes du gouvarnement. Et Dan à Majorique s'était chargé lui-même de le dire aux inspecteux.

— Un huître est pas si folle que ça et se laisse point empoisonner: a' s'ouvre la goule pour bouère à marée montante quand c'est que la mer est propre et fraîche; pis à marée pardante, quand c'est que l'eau est sale, a' se farme le bec. Si tout le monde faisait de même, y en arait moins d'empoisounés; v'là ce que j'ai à dire, moi.

Tous les pêcheurs des côtes auraient parlé comme Dan. Parce que chacun soupçonnait derrière cette mesure préventive contre les huîtres un stratagème économique ou politique qui ne pouvait encore une fois que servir les intérêts des gros.

Les gros!…

Puis on guérit les huîtres. On transplanta les œufs dans des battures toutes neuves, un peu plus au large, et on attendit la prochaine saison. Ici l'eau était pure, qu'on avait dit, et l'huître serait bonne. Fallait pas les pêcher ailleurs.

— Hé! ricanait Dan à Majorique. Du temps que les huîtres étiont poisonnes, j'en ai fait manger un plein minot au docteur lui-même qui s'en est point aparçu. C'est rien qu'après, quand c'est qu'il avait ben achevé de digérer ses huîtres que j'y ai dit, au docteur, où c'est que je les avais dénigées : juste à la gueule du soûr, l'endroit qu'ils aviont condamné.

— Il a été malade, votre docteur?

— Pas une miette. Il m'a même dit au boute de l'ânnée qu'il avait engraissé de vingt livres.

Puis ce fut le tour du homard. Défense de pêcher le petit, de brosser les femelles, de lever les trappes en dehors de la saison... La saison, c'est même pas trois mois, pensa Basile, comment voulez-vous qu'un houme soutenit une famille avec ça! Et pis qui c'est qui le mange, le houmard qui se prend dans tes trappes et que tu t'en vas toi-même à la rame aouindre de l'eau au petit jour? Hein, qui c'est qui le mange? Ils l'empaquetont dans la glace et du brin de scie et ils te le chipont tout droite sus la table des gros.

Oui, encore les gros!...

Toi tu restes chus vous à manger tes crêpes pis tes cosses de fayot. Et pis si, le samedi souère, tu veux te dégeler le bec entre amis et voisins, tu dois t'enfarmer dans ta cave, ta grange ou ta forge, par rapport que ça itou c'est défendu...

La prohibition de l'alcool avait suivi de près celle des huîtres et du homard. Et Basile songea qu'il appartenait à Ferdinand aujourd'hui à faire des lois contre les pêcheurs et les brasseurs de flacatoune. Lui, le Ferdinand qui avait pêché un demi-siècle dans la même baie que tous les autres, et qui avec les autres avait fait bouillir les méres pour en tirer de la bagosse, aujourd'hui, il s'en allait avec un permis du gouvernement et sa carte d'officier fouiller les cabanes et les granges de ses voisins.

Basile jura tous les noms du diable et des saints, et s'en alla à la forge, laissant sa mère seule à sa fenêtre à se souvenir de sur l'empremier.

Le temps était déjà bien avancé. Les glaces pourraient partir n'importe quel jour. Les pêcheurs connaissaient le danger de cette saison et avaient halé leurs cabanes à éperlans à la côte. C'était un temps creux pour tout le monde. Même pour le curé qui se reposait du carême, de la Semaine Sainte et de Pâques. On avait beau dire, pour un prêtre tout seul, c'était éreintant.

— Ah ben! si on refuse itou de se faire aider.

La veuve à Calixte ne pardonnait pas au curé de lui avoir retiré petit à petit les multiples responsabilités paroissiales qu'elle avait accumulées avec les années. Il lui restait à peine de quoi l'occuper quatre jours sur sept, depuis l'affaire du revenant. Le curé avait eu peur à ce moment-là de voir le contrôle de sa paroisse lui échapper et il avait repris en mains les cordeaux. Aussi avait-il grand besoin de vacances, en ce printemps de la fameuse année qui s'est illustrée dans l'histoire de mon pays.

Le grand Vital avait fait part à Mariaagélas de ses plus récentes craintes. Ses cousins des États lui faisaient dire de ne plus répéter l'expérience religieuse de la frontière, ayant ouï parler d'une méfiance subite des douaniers. Quelqu'un avait-il surpris Maria au retour en habit religieux? Avait-on associé sa disparition de trois jours avec le vol du couvent? Sûrement qu'à l'avenir on fouillerait les sœurs comme les autres, voire plus que les autres. Et on fouillerait aussi la Buick du grand Vital.

La fille des Gélas se souvint alors d'un des rares principes de son grand-père, le forgeron: «Quand c'est qu'une parsoune se méfie de toi et te traite de menteux, garroche-y encore plusse de menteries par la tête, i' finira par te crouère.»

— I' faut y retorner, conclut Mariaagélas.

Le grand Vital avait l'habitude des risques, mais il savait les mesurer au danger. Le trafic outre-frontière n'était pas une fanfaronnade, ni un jeu d'enfant.

— Ben sûr, c'te fois-citte, c'en sera une vraie.

Maria avait vu juste: pour éteindre les soupçons des agents de douanes, fallait leur en donner plein le nez.

— Faut envoyer le prêtre se promener par là.

Et c'est ainsi que le grand Vital, en cette splendide journée de printemps de la fameuse année... s'en vint trouver le curé qui se reposait de Pâques, de la Semaine Sainte et des quarante jours du carême.

Il était tout fier, le brave curé, de rouler doucement vers le sud dans cette somptueuse Buick du grand Vital. On lui avait chanté toutes sortes de conneries sur la religion et les mœurs de son paroissien: louche, voleur, trafiqueux, qu'on avait dit, et pas fiable pour un sou. Pourtant, il avait été le premier homme de la paroisse à offrir comme ça généreusement sa voiture au curé, pour des vacances. Ce que le curé oubliait, c'est que le grand Vital était quasiment le seul, avec lui, à posséder une voiture.

— La vôtre peut pas faire le voyage, qu'il lui avait dit. Prenez la mienne et je garderai votre vieille Ford pour mes petites commissions. Trois semaines, c'est pas la mort d'un homme, ni d'une paroisse.

Il s'était montré magnifique avec son curé, le grand Vital, pour un vieux renard qui mettait rarement les pieds à l'église. C'est pour dire qu'il fallait pas se fier aux radotages des frippeux de bénitiers.

Et il continua sa route vers les États où il irait passer trois semaines chez des cousins du trois et quatrième degré qui étaient si fiers d'avoir un prêtre dans la famille.

Mais arrivé à la frontière, il fut bien surpris, le curé des côtes, de se voir arrêté, fouillé, malmené par de jeunes blancs-becs arrogants et impies qui exigeaient ses papiers. Au bout de trois heures, ils durent se rendre à l'évidence, les douaniers, et reconnaître honteusement leur erreur : ce curé en était un vrai et sa bagnole ne cachait rien. Si jamais ils mettaient la main sur l'enfant de chienne qui leur avait glissé ce faux tuyau... Pardonnez-nous, Monsieur le curé, et faites un beau voyage. Les douaniers se sont trompés, ça arrive...

...Bien sûr. Ils se trompèrent pendant trois semaines, les douaniers, ceux des côtes, s'entend. Car rencontrant tous les jours la vieille Ford du curé qui faisait la navette entre la mer et le bois, il ne leur vint jamais à l'esprit d'examiner de plus près la tête qui se cachait sous la barrette, au volant.

...Pauvre Casse-cou ! Il n'avait pas fini de rêver au diable.

CHAPITRE XXI

Cette fois, c'en était trop. Trop pour le feluet estomac
de la veuve à Calixte. Et elle vomit sa bile toute la journée : elle vomit d'abord Mariaagélas qui passa dans sa
gorge comme un gros bouillon ; puis elle vomit le grand
Vital et Casse-cou qui tombèrent dru dans son bassin ;
enfin elle vomit le curé, ce pauvre curé démuni qui, en
passant, s'accrocha à ses dents. Oui, elle l'avait dans sa
dent creuse depuis longtemps le curé de sa paroisse. Il
avait dédaigné ses services. Il lui avait petit à petit retiré
tous les pouvoirs qu'elle s'était patiemment acquis sous
les règnes de ses prédécesseurs. Et voilà que lui, avec
son petit air dévot, sa mine de rien et ses bras trop
courts... Mais cette fois, elle le tenait. On peut échapper
à l'œil de la police, de la loi ; mais qui oserait prétendre
que, durant toute sa vie, il ne tomba jamais sous l'œil de
la veuve à Calixte !

Elle avait tout vu : la barrette trop grande qui tombait sur les yeux ; la Ford trop pressée qui sautait sur le gravois ; et cette navette obstinée entre la mer et le Chemin-des-Amoureux. Elle trouverait, dût-elle y laisser sa peau. La peau de la veuve ne tentait plus personne : elle y laissa son âme. Mais elle finit par tout savoir.

— Et pis ça s'en va bailler la communion aux malades la tête basse et les yeux farmés. Peuh !...

Alors qu'elle savait, elle, la veuve, que le saint prêtre était bel et bien de connivence avec le premier bootlegger et le plus grand coquin de la paroisse... Où le savait-elle ?

Pauvre curé ! Ç'avait été pourtant les plus belles vacances de sa vie. Il allait de beau-frère en cousin, de filleul en neveu, de Lowelle à Lynn à Gardner, dans la splendide Buick chromée du grand Vital. C'était tout plein de compatriotes là-bas. Des gens des côtes qui, happés par les usines, rêvaient de revenir se construire une petite maison, un jour, sur la dune des aïeux.

— Y a du petit-noir encore ? et du bixie ?

— Et ça sent l'harbe à outarde comme tous les printemps ?

Ah ! oui, ça sentait l'herbe à outarde et le foin salé. Et les goélands criaient plus fort que d'accoutume parce que ç'avait été une grosse année à éperlans. On avait halé plus de cabanes sur la baie que jamais auparavant. Polyte s'en était bâti une flambant neuve... oui, Polyte, le Polyte à Jude qui faisait endèver tout le monde.

— Et son garçon Boy, comment c'est qu'i' se conduit ?

— Il se conduit pas, c'est la vie qui le mène.

Comme tous les autres d'ailleurs. Mais cette année, il était survenu dans la paroisse une série d'événements qui sortaient de l'ordinaire. Et le curé des côtes dut raconter aux cousins des États l'histoire du revenant du Chemin-des-Amoureux, puis de l'emprisonnement de Bidoche, puis du bœu' de garde à Ferdinand, le Ferdinand qu'était rendu douanier à l'heure qu'il est, puis tout récemment, l'histoire du vol du couvent et de l'aventure périlleuse de la fille des Gélas sur les glaces de la baie.

Pendant que le prêtre se remémorait les événements de son pays, là-bas, le long de la baie, sa vieille Ford faisait revoler la poussière.

La veuve à Calixte avait, au bout de dix jours, reconnu Casse-cou Collette au volant de la Ford ecclésiastique. Et elle avait obligé Ferdinand à se rendre à l'évidence. Il n'avait pas eu le choix, le Ferdinand. Et les officiers avaient dû fouiller la voiture du curé. Heureusement pour l'Église, le scandale n'avait pas éclaté. Apparence que c'était Ferdinand lui-même qui avait réussi à détecter la responsabilité du grand Vital et à sauver le curé. Mais l'évêque, à ce qu'on raconta plus tard, n'en avait pas moins convoqué la veuve à Calixte en personne. Certains prétendirent que ce fut pour lui arracher tous les détails de l'affaire ; d'autres, au contraire, pour lui fermer le bec. Mais tous sont d'accord aujourd'hui que c'est la veuve qui eut le dernier mot. Le grand Vital ne pardonna pas au douanier cette ingérence dans ses affaires.

— Si j'étais du Ferdinand, je me méfierais, dit Basile à Pierre Crochu.

Mais chacun qui l'entendit se dit en lui-même que le Ferdinand pouvait avoir des raisons de se méfier aussi du Basile.

Vers midi, Mariaagélas sortit de la maison. Les affaires se gâtaient et elle avait besoin de prendre l'air. La déposition de la veuve à l'évêché, le comportement du vieux Ferdinand, l'arrestation de Casse-cou, tous ces événements fermaient le cercle autour d'elle et l'enserraient de plus en plus. Si elle voulait éviter la prison...

Tous les ennuis venaient de la veuve à Calixte, encore une fois. Décidément, elle ne lâcherait pas, celle-là. Il fallait prévenir le grand Vital et obtenir de lui de jouer ses cartes du côté de la veuve. Mais quelle carte?

La baie était claire, ce jour-là, et Maria marchait à grands pas sur le sable en regardant barboter les mouettes dans l'écume. Elle n'allait nulle part et n'était pas pressée, mais elle avait toujours marché à grands pas, Mariaagélas, et n'aurait pas su comment traîner les pieds.

Elle jonglait.

À l'embouchure du barachois, elle vit Soldat-Bidoche appuyé sur sa pelle. Il était seul, comme d'accoutume, prospectant la dune pour y trouver les premiers trous de coques du printemps.

— Ta mére est-i' chus vous? qu'elle fit, sans lever les yeux de la petite fontaine qui giclait du trou.

— Ça doit.

Elle avait demandé ça sans trop savoir pourquoi, poussée par une sorte d'inspiration qu'elle n'aurait pas su nommer. Et ses jambes la conduisirent tout droit à la porte de la veuve Bidoche.

— Salut, Sarah.

— Rentre, Mariaagélas.

Sarah, veuve de Bidoche-le-vieux, habitait avec son fils, le jeune Bidoche, l'une des plus anciennes cabanes du pays. C'était un réduit de deux pièces, surmonté d'un grenier qui tenait encore, malgré les années et les vents de nordet, mais qui menaçait toujours de lâcher une poutre ou un madrier. Bidoche-le-fils terrassait la cabane chaque automne. Mais comme il n'était pas très adroit, le Bidoche, il ne replaçait jamais la terrasse exactement au même endroit; de sorte que les herbes marines qui pourrissaient contre la maison laissaient leur marque à des hauteurs différentes d'un printemps à l'autre. Ce qui faisait dire à la vieille qu'on pouvait compter l'âge de sa maison comme celui du bois : à ses cernes.

La veuve Bidoche n'avait que soixante ans. Mais elle était déjà courbée et défraîchie. Elle aussi, on pouvait mesurer son âge à ses cernes. Chaque année ajoutait un rond à ses yeux, un pouce à sa taille, des crevasses à ses mains. Ses grandes mains agiles et brunes qui cueillaient les simples et brassaient les cartes. Car elle était un peu sorcière, la Bidoche.

Mariaagélas s'assit en face d'elle et lui dit :

— Tire-moi les cartes, Sarah.

On était à la fin mai. Le temps était doux et clair. Mais au-delà du pont, vers le nord-noroît, quelques nuages se formaient, lentement.

— C'est-i' que j'arions de l'orage ? jongla la veuve.

Mariaagélas ne regarda pas le ciel, mais les grandes mains souples de Sarah. Si l'orage devait éclater, elle l'apprendrait aussi vite de ce côté-là. Les doigts cherchèrent les cartes dans une boîte de fer-blanc rangée dans l'armoire.

— Brasse, coupe deux fois, et pis fais ton souhaite.

Elle connaissait la formule, Mariaagélas, et elle obéit.

— Les temps s'en venont durs, à ce qu'i' disont. Apparence qu'ils farmont même les facteries dans les villes. Je pourrions nous en ressentir jusque par icitte... Brasse pis coupe un autre fois... C'est le garçon à Dan à Majorique qu'a rapporté des nouvelles des vieux pays. Il s'en avait exilé à Mâtréal, le jeune houme, ben apparence qu'y avait pas assez de quoi qu'allait par là, ça fait qu'i' s'a rendu jusqu'à l'Ontario. I' fait chaud là-bas. I' pousse même des oranges, qu'i' contont.

...T'as fait ton souhaite, Maria? Ben il est dans le treufle, ton souhaite. Ouais, un beau souhaite... ben, c'est malaisé... malaisé à dire... Tchens, ma grand foi, je crois que j'arons de l'orage. Ah! les temps s'en venont durs... Un beau jeu, tant qu'à ça, un beau jeu. J'ai une main pleine de figures, icitte. Des rois, des reines, des as, un beau jeu, ta vie, Mariaagélas. T'as une belle main de cartes, mais...

Sarah leva soudain la tête vers les carreaux du chassis et murmura quasiment tout bas:

— Prends garde, Mariaagélas. Ça sera peut-être ben pas de ta faute, mais laisse-les pas faire, si tu peux empêcher ça.

Mariaagélas se leva sans remercier, pour ne pas attirer la malchance. Elle déclencha la porte et renifla le temps.

— Ta tante Clara, lui demanda Sarah Bidoche, vous en avez pas de nouvelles?

Mariaagélas se retourna vers la sorcière et sourit.

— Non, fit-elle. Les prisons, ça peut vous dévorer une femme en vie.

Et elle s'éloigna d'un pas sûr, parce que maintenant, elle savait où elle allait.

CHAPITRE XXII

Mariaagélas n'était pas superstitieuse, mais la chiromancie et les cartes n'étaient pas de la superstition. La superstition, c'est le chat noir, l'échelle, le miroir cassé. Le *Petit Albert*, c'est de la magie. Les cartes, c'est… c'est pas pareil. Sarah tire aux cartes, pensa Mariaagélas, elle court pas la chasse-galerie. Personne n'a jamais aperçu Sarah Bidoche sur le coup de minuit à farfouiller dans les cimetières. Ni à jeter des sorts aux hommes ou aux animaux. Elle tire les cartes, Sarah, puis elle soigne contre les maladies des boyaux ou des rognons. Elle soigne aux herbages et aux emplâtres. Mais jamais personne l'a attrapée à parler aux esprits ou à s'entretenir avec le diable, pensa Mariaagélas. Et puis, elle se mêle de ses affaires. Ce n'est pas Sarah Bidoche qui aurait cherché à faire parler le bœu', par exemple, ni à déshabiller le revenant. Et ce qui se passe en haute mer…

Depuis l'emprisonnement de Casse-cou Collette, le grand Vital devait chausser les bottes. Car la marchandise continuait d'entrer à flots. Et avec la disparition des glaces, les goélettes flottaient comme des icebergs dans les courants chauds. Jamais les pêcheurs n'en avaient tant croisé, au large et proche des côtes. C'était, pour la contrebande, le temps fort de l'année : les hommes avaient eu soif tout l'hiver et se sentaient la gorge rouillée à l'approche du doux temps. Les affaires roulaient à flots.

Maria se remémora la phrase de la tireuse de cartes sur son perron : « Prends garde, Mariaagélas. Ça sera peut-être pas de ta faute… » Puis elle s'était émoyée de sa tante Clara. Que venait faire Claraagélas dans ses cartes ?

…Depuis bientôt quinze ans qu'elle avait disparu, la Clara. Chaque fois qu'on avait mandé de ses nouvelles, on avait appris qu'elle venait tout juste de quitter cet endroit, qu'elle était rendue plus loin. À la fin, on s'était lassé. Et maintenant, on n'aurait plus su où la chercher… C'était étrange, cette vision de Sarah. « Prends garde, Mariaagélas… »

En sortant de chez la Bidoche, Maria s'en était allée tout droit vers la mer. En s'approchant du grand Vital, elle sentit son cœur battre et son ventre se crisper. Voyons !… allait-elle s'énerver maintenant ? Elle avait des choses à lui dire, au Vital, et fallait que ce fut tout de suite. Et de loin, elle lui fit signe qu'elle désirait lui parler.

Plusieurs pêcheurs de homard, en train de réparer leurs trappes à la côte, les ont vus. Apparemment qu'ils se seraient parlé d'abord doucement, puis avec beaucoup de gestes, et enfin, qu'ils seraient partis ensemble, tous les deux, vers le village. Les pêcheurs ont rapporté plus tard que ç'avait tout l'air d'être la Maria qui marchait en avant et qui frayait le chemin.

Quelques jours après, Casse-cou sortait de prison.

Depuis le beau temps, les crocheteuses de tapis ne se réunissaient plus dans le grand bord de la mère Crochu. C'était le temps des semailles et du jardinage. On n'est pas de gros fermiers, le long des côtes, mais chaque femme a ses sept ou huit sillons. Un sillon de cosses, un sillon de blé d'Inde, un sillon de carottes et de naveaux, des radis, des choux, des bettes, des tomates, des concombres, un carré d'oignons et un beau rang de rhubarbe adossé à la clôture. Et tout ça, en avant de la maison, Messieurs! En arrière, dans les champs, on laisse la terre aux hommes et aux animaux. Plantez-y votre foin, votre avoine, broutez-y le trèfle et le chiendent. La terre des femmes, c'est la cour d'en avant, entre le logis et le chemin du roi.

— Je m'en vas vous faire une soupe au devant-de-porte, disait la vieille Crochu.

Et elle s'en allait devant la maison, fortiller sous les feuilles de cosses et de choux. Celui qui, dans mon pays, a mangé une bolée de soupe au devant-de-porte, a parcouru tous les sillons du potager et a bien dîné.

On engraisse la terre là-bas avec du petit hareng et des coquillages. Ça dégage une forte odeur, il faut le dire, mais les légumes poussent drus et fermes. Et puis, on est des gens des côtes et ça ne se renie pas. D'ailleurs, quand les femmes viennent planter, il y a déjà beau temps que le poisson est pourri et que la terre l'a mangé. Ça ne sent plus que le printemps, le soleil et la mer.

Les femmes étaient penchées sur leurs sillons de bettes et de navots quand elles virent passer Casse-cou accompagné du Ferdinand.

Ah! ben ça, par exemple!...

Y avait pas deux semaines qu'on l'avait enfermé, et v'là qu'on le délivrait déjà. Ç'avait tout l'air de marcher comme avec le Bidoche. Mais lui, le pauvre innocent, c'était point de sa faute. Tant qu'à ça, le Casse-cou non plus. Pas de sa faute?... Ben non. Y a quelqu'un en arrière qui le pousse.

— Ben c'ti-là, par exemple, il sera jamais pris.

Et les femmes replongèrent leurs doigts dans la terre. Pas pour longtemps. Car la veuve à Calixte en était.

— C'est ben simple, cracha-t-elle enfin en redressant son long squelette, si j'étais une projeteuse...

Ce préambule était inutile, tout le monde savait à quoi s'en tenir là-dessus.

— ...Si j'étais placoteuse, j'arais des choses à dire à qui de droit.

Il y avait beau temps déjà qu'elle les avait dites, même à tous les vents. Mais voilà qu'elle cherchait... à qui de droit.

— C'est quand même tchurieux, c'te histoire-là. Les sœurs avont toujou' ben jamais retrouvé leux hardes volées. Et parsoune à grandeur du canton a vu l'ombre d'un bandit ou d'un survenant se cacher dans les bois ou les granges à foin. Asteur, pouvez-vous me dire?...

C'était superflu de dire quoi que ce soit; chacune savait bien que la veuve se chargerait de le faire elle-même.

— Par exemple, c'te disparition de la Mariaagélas entre les glaces de la baie, durant trois jours... Je m'en ai été moi-même m'émoyer sus le vieux Magloire à

Thiophie qu'a passé la motché de sa vie sus les glaces. I' dit que c'est pas faisable, ça, pas faisable par une femme.

— Ben la Maria, c'est plusse qu'une femme.

— L'un de ces jours, vous apprendrez de quoi c'est qu'elle est capable, la forlaque. En tout cas, moi j'ai pour mon dire que les sœurs araient avantage à l'avenir à mieux watcher leux hardes. Par rapport que je pourrions peut-être ben un jour les déniger dans le fond des goélettes.

Et comme si cette dernière idée venait d'en engendrer une autre, la veuve à Calixte secoua la terre de ses mains et partit. Les femmes la regardèrent s'en aller en enjambant les sillons, et l'une d'elles conclut pour toutes les autres :

— Si j'étais de la Maria, je cacherais mes guénilles.

Mariaagélas n'eut pas le temps de cacher ses guénilles. Quand, avertie par son intuition, elle se rendit à la course à la petite chapelle des sœurs, elle y trouva la veuve à Calixte, le nez planté dans les fentes de la porte.

C'est la veuve qui ouvrit le feu :

— Y en a qui venont prier de boune heure, ça me r'semble.

— Y en a qui venont pas prier pantoute, ben forter dans les affaires des autres.

— Et depuis quand c'est ouère que les affaires du couvent sont les affaires des Gélas ?

— Et pourquoi c'est ouère que ça serait-i' ceuses-là des veuves du pays ?

— Une parsoune qu'a rien à cacher barre point sa porte à double cadenas.

— Quand c'est qu'une porte est barrée, on met pas son nez dans les craques.

— Ben depuis quand c'est que la chapelle des sœurs t'appartchent, Mariaagélas ? C'est pas de mes affaires, ben quoi c'est que tu y caches ?

— Si c'est pas de tes affaires, pourquoi c'est que tu t'en intchètes ?

La fusillade aurait pu durer encore assez longtemps, les deux femmes disposant d'à peu près une égale munition. C'est l'apparition, surgie du cimetière, qui détourna le cours des événements. Les sœurs s'en venaient en procession vers la côte, scandant des cantiques du mois de Marie. Pauvre Mariaagélas ! Elle n'avait pas tenu compte du calendrier liturgique et avait oublié qu'un jour les sœurs rouvriraient leur chapelle.

C'est le mois de Mari... i... e,
C'est le mois le plus beau.

Mariaagélas était dans l'huile bouillante, et la veuve à Calixte aux petits oiseaux. Enfin, le drame allait se dénouer, s'éventer, exploser à la face du pays. On saurait bien qui était en arrière de tous les troubles et tous les méfaits. On saurait...

...C'est le mois le plus beau.

Et ce serait les religieuses elles-mêmes qui, en ouvrant le sac, en verrait sortir...

Mais la veuve n'eut pas le temps de faire sortir du sac le chat, qu'elle se sentit dégringoler en bas du cap. La procession s'arrêta net en plein mois de Marie et regarda, médusée, rouler ce tourbillon de jupes sur les cailloux de la grève. Puis reprenant leur souffle, les sœurs les plus hardies descendirent à quatre pattes jusqu'à la côte, laissant en haut du cap le mois le plus beau.

On eut beau être béni du ciel, on mit du temps à dérouler la veuve et la sortir de ses jupes. Pauvre femme! Le cap n'était pas si haut, mais elle avait les membres secs et pas beaucoup de graisse sur les os. Elle s'en tira pourtant avec une seule fracture au bras gauche, et trois dents perdues entre les cailloux. Comme devait dire plus tard Boy à Polyte:

— Si elle avait pu se farmer la goule...

Mais le village, dans l'ensemble, était d'avis qu'avec trois dents de parties, la veuve à Calixte n'en restait pas moins la gueule la plus agile du pays; et qu'un seul bras lui suffisait, à elle, pour métiver la brume du matin.

Quand, le lendemain, la procession reprit le mois de Marie, on trouva la petite chapelle telle qu'on l'avait laissée l'automne précédent: il n'y manquait pas une statue, pas une chandelle, pas un lampion.

Et au fond, contre le mur, une Immaculée Conception blanche et bleue écrasait stoïquement la tête du serpent.

CHAPITRE XXIII

Les sœurs du couvent voulaient faire venir le médecin pour recoller les os de la pauvre veuve à Calixte. Mais l'estropiée n'en voulut rien savoir. Elle était déjà assez mal en point comme ça, sans abandonner sa carcasse aux mains des docteurs.

— Ch'est point dans mes coutumes de me déchabiller devant les étranchers, qu'elle chuinta entre ses trois chicots.

Mais au fond, les gens de la Baie décelèrent derrière cette pudeur plus de ladrerie que de vertu. Le plus proche docteur était à vingt milles et se ferait payer le voyage par-dessus ses honoraires. Quant à ça, la veuve n'avait peut-être pas tout à fait tort, pensait chacun. Un bon rabouteux vous rabouterait son bras mieux que n'importe quel scienceux sorti des écoles. Et un forgeron digne de ce nom saurait lui extraire des gencives ses deux canines et sa grosse molaire.

Le jour même de l'accident de la veuve, le village quasiment entier se réunissait sur sa galerie et parlementait sur le moyen le plus rapide de trouver un ramancheux. Il y avait bien le François à Philippe de la Butte-du-Moulin, mais il était parti faire la pêche au thon en Nouvelle-Écosse ; et le Majorique se faisait trop vieux pour se risquer sur les os les plus raides du pays ; il restait Antoine à Zéphir de la Barre-de-Cocagne.

— Si faut se rendre jusqu'à là, on pourrait ben faire une couple de milles de plusse, avait risqué un garçon à Thaddée, et ramener un vrai docteur.

Pauvre garçon à Thaddée ! Asteur depuis que ç'avait été travailler un hiver dans le nord, ça croyait que ç'avait le droit de s'en revenir avec des idées. C'était le « vrai docteur » qui avait choqué tout le monde. On ramenerait un rabouteux, même s'il fallait se rendre jusqu'à Sainte-Anne-de-Beaupré.

— Quand c'est que j'arons besoin d'un docteur, j'irons qu'ri' un docteur, pas avant : pour l'enflammation des boyaux, les poumons au vif, pis les rhumatiques enflammatoires ; ben pas pour arrêter le sang ou pour ramancher des ous cassés.

Après ça, le garçon à Thaddée, qui avait passé l'hiver dans les moulins à papier du nord, n'osa pas proposer de faire venir un dentiste. La veuve n'avait plus qu'à ouvrir la bouche au premier forgeron.

Or c'est ici qu'éclata le conflit. Qui était le premier forgeron des côtes : le maître de la forge-alambic des Gélas, ou celui de la demi-forge des Allain ? Et pendant que l'on attelait pour aller chercher un ramancheux à la Barre-de-Cocagne, les deux factions des côtes en venaient aux mains sur le choix du dentiste-forgeron.

— C'est Basile qu'a le bras pus fort.

— Ben c'est Gélas qui l'a le pus long.

— La goule de la veuve, c'est quand même pas un puits ; ça demande pas un bras de géant.

— Ben ses dents sont pas des rochers, t'as pas besoin de Louis Cyr pour les arracher.

— Et pis qui c'est qu'a une cheminée neuve sus sa forge ?

— Et ben quelle forge qu'a été la première à se bâti' au pays ?

La veuve à Calixte en personne dut intervenir et choisir elle-même son dentiste. C'était le temps ou jamais de montrer à quel clan elle appartenait et d'exhiber ses couleurs politiques.

— Y ara pas un Chélas qui mettra ches doigts dans ma goule, qu'elle dit.

Et elle cracha le reste de chicot qui lui pendait à la gencive supérieure.

Elle était dure au mal, la veuve à Calixte, mais elle aurait mieux fait de rentrer sa rancœur et remettre sa vengeance à plus tard. Car le pauvre Basile, heureux de l'avoir emporté sur son rival, appréhendait fort pourtant ce genre d'opération. C'est à la forge du sû qu'incombait d'ordinaire cette spécialité. Et Gélas pouvait se vanter d'avoir, dans les dernières années, plus souvent regardé à la gueule des chevaux qu'à leurs sabots. Basile à Pierre n'avait ni la sorte de pinces, ni la délicatesse des doigts pour ce genre de besogne et…

— Aïe !…

Pauvre veuve à Calixte ! Comme avait dit après l'accident Boy à Polyte : elle aurait été mieux de se fermer plus tôt la goule.

Le ramancheux ne vint que le surlendemain. Les envoyés de la Baie ne l'avaient pas trouvé chez lui, l'Antoine à Zéphir ; parce qu'en plus de pêcher et de cultiver ses sept-huit arpents de trèfle et de ramenelle, il ramanchait tous les os cassés ou déboîtés le long des côtes. Et dans ce pays-là, c'est curieux ce qu'on se démanche souvent. Quand il traversa enfin le village de la Baie, il était accompagné de la moitié de la paroisse.

On avait pourtant l'habitude de traiter avec ce genre d'homme au nord du pont. Guérisseuses, rabouteux, arrêteux de sang, vendeurs de sirops et d'onguents Ralley, tous ces êtres sortis des almanachs faisaient partie du paysage des côtes comme la mer et les herbes salines. On aurait cru qu'avec l'habitude serait venue l'accoutumance… Mais les gens des côtes eux-mêmes vous répondraient qu'on a bien dans tous les pays du monde l'habitude des naissances et de la mort, mais que personne n'y est vraiment habitué. Surtout que personne n'avait encore jamais vu ramancher la veuve à Calixte.

— Ben si vous vous figurez que vous allez ouère de quoi ! avait dit aux jeunes frais qui encombraient son perron, la victime du cap.

Ce à quoi avait répondu Boy à Polyte :

— Si je voulons ouère de quoi, c'est sûr qu'i' faudra se le figurer, parce que m'est avis qu'y a point grand chouse sus c'tes ous-là.

Et tous les hommes s'étaient esclaffés.

— Vous avez point honte de rire comme ça d'une pauvre esclopée ! s'insurgea la vieille Crochu qui sortit sur la galerie, le balai à la main.

Les rieurs comprirent que le bras de la vieille était encore vigoureux et ils se turent.

La veuve à Calixte ne démordit pas : personne en dehors du ramancheux et de Sarah Bidoche n'assista à l'opération. Et c'est la Pierre Crochu qui garda la porte. Quand Antoine à Zéphir vint à sortir, après quelques heures, la sueur dégoulinait dans son cou et sur son front :

— Ces ous-là sont pus secs que des éclats, dit-il ; ça leu prendrait de la graisse de ouaguine alentour des essieux.

Pour le reste, il mettait sa fiance en son saint patron, le guérisseur, et dans tous les anges du ciel. Pour triompher de la veuve à Calixte, ce n'était pas trop de la cour céleste.

Pendant que l'estropiée se faisait frotter l'échine et rabouter les os, les langues du village voltigeaient de dune en colline, cherchant à connaître la cause de l'accident. Comment, en plein soleil de quatre heures, à la fin de mai, un jour sans bruine ni bourrasque, une femme bien plantée sur ses deux jambes peut-elle aller se jeter en bas du cap ? Les sœurs en procession avaient été les seuls témoins de l'incident et étaient d'avis, pour la plupart, que la sainte femme avait dû reculer inopinément dans le vide. Mais les plus jeunes novices, en tête de file, avaient cru voir la veuve plonger le front le premier. Tout ça paraissait assez étrange et quelques honnêtes femmes du Ruisseau-des-Pottes osèrent insinuer qu'il pouvait y avoir du loup-garou là-dessous.

On avait déjà vu ça, au pays, du temps du démon de la Rivière-à-Hache, des braves gens se faire renverser à l'eau ou garrocher en bas du rocher. Quand un chrétien vend son âme au diable, y a pus rien à son épreuve : il peut aussi ben courir la chasse-galerie, comme faire son sabbat avec les sorciers, comme manger des enfants dans les messes noires. Contre les vendus au diable et les loups-garous, y a un seul remède, c'est de se tenir le plus fort possible en état de grâce.

— Ça serai-i' dire que la veuve à Calixte, pour se faire garrocher en bas du cap, arait eu l'âme pas flambant nette? s'enquit une jeune fille qui chantait les vêpres au chœur de chant.

Toutes les commères furent scandalisées. Ça en faisait-i' un affaire, ça, de juger du monde d'une pareille façon! Ç'appartenait à parsoune d'autre qu'au prêtre pis au Bon Djeu de saouère qui c'est qu'était en état de grâce, pis qui c'est qui l'était point. La veuve à Calixte pouvait aouère ses raisons de se promener au cimetière pis de dégringoler en bas du cap. Ça regardait pas parsoune, ça. Pis parsoune, non plus, avait vu de ses yeux vu un loup-garou ou un fi-follet pousser la veuve. Fallait pas achever de conclure si vite.

— Quand c'est que la propre fille à Caille s'est chavirée, se mit à raconter une descendante des premiers colons de l'Étang-des-Michaud, ils avont venu qu'ri' mon défunt aïeu pour la désensorceller. Parce qu'ils soupçonniont son pére d'aouère fait le coup. Ben mon aïeu leur a dit: «Chus pas pus sorcier que Caille, moi, et je peux pas défaire ce qu'il a fait. Ou ben donc que la fille est troublée, et chus point docteur pour ces maladies-là; ou ben donc que tchequ'un y a jeté un sort, et chus point le Petit Albert.» Ça l'a pas empêché, mon aïeu, de faire quelque chouse, parce que la fille a pris du mieux à partir de c'te jour-là.

— C'est-i' que vous voulez dire que la veuve à Calixte est ensorcelée?

On n'eut pas le temps de débattre cette question-là. La veuve à Calixte se remettait doucement de son ramanchage et, en s'arrachant à son étourdissement, elle avait subitement retrouvé, avec la mémoire des faits, la force de les crier sur tous les toits.

— Ch'est la Mariaachélas qui m'a pouchée, hurla-t-elle de sa colline. Ch'est yelle qui m'a chetée en bas du cap et qu'a entrepris de me tuer.

Mais comme personne n'avait encore entendu dire que Mariaagélas se trouvait sur les lieux au moment de l'accident, on crut que la veuve divaguait ou qu'elle cherchait à se venger de son ennemie.

…Mariaagélas, se faire loup-garou, tout de même…

— Ils sont mieux d'y bailler une boune ponce de rhum à la veuve, ça la remettra.

Et chacun rentra chez lui en se disant que pour crier de même, il fallait que la victime du cap soit en bonne voie de guérison.

CHAPITRE XXIV

C'est le bras en écharpe et la gueule ébréchée que la veuve à Calixte entreprit sa plus importante croisade anti-Gélas. Puisque ses compatriotes ne voulaient pas la suivre, elle partirait seule. Seule sur le chemin du roi; seule dans les mocauques du nord et les dunes du sû; seule par les anses, les collines et les buttereaux. Elle s'en allait de porte en porte, brandissant son étendard blanc, au désespoir de Sarah-la-guérisseuse qui répétait: «Ça s'engorgera, c'te bras-là.»

Ça ne s'engorgea pas. Mais la victime du cap, selon la chronique du pays, devait en garder le bras raide toute sa vie.

— Et pis après? répondait la veuve. Y en a ben qui laisseriont s'engorger l'âme de la paroisse sans rien dire.

Elle n'avait plus le temps de penser à ses os cassés, la veuve, sinon pour les offrir en vivant témoignage du danger qui menaçait le pays... Si on laisse le sû garocher le nord en bas du cap, où c'est que je finirons hein?

— À la mer, avait répondu le garçon à Polyte.

Mais la veuve ne se laissait pas atteindre par ces effarées faces de la forge. Elle savait, elle, qui l'avait poussée, et pourquoi. Seulement chacun refusait de la croire. Personne n'avait aperçu Mariaagélas autour du cap, pas même les sœurs. On connaissait Maria : avec ses grand' jambes fines, si elle avait été là, elle serait sûrement descendue la première à la côte. Et sinon, pourquoi? Et par où serait-elle passée? Ce n'est que du champ autour de la petite chapelle, on l'aurait sûrement vue déguerpir... Tiens! y avait le bedeau du couvent, justement, qu'était tout près.

— T'as vu tcheque chouse, toi, le bedeau? T'as vu une femme travorser le cimetchére en courant?

Le bedeau des sœurs n'avait rien vu. La veuve s'en faisait accroire.

— Ah oui? je m'en fais accrouère? Eh ben la chapelle, quoi c'est que vous en faisez?

La chapelle... on n'avait pas pensé à cette possibilité.

— La petite chapelle? Elle a été barrée à double cadenas tout l'hiver, je l'ai vue, répondit le bedeau.

— Et pis qui c'est qu'avait les clefs des cadenas?

On trouvait que la veuve allait trop loin. Depuis quand c'est, asteur, qu'une fille des Gélas fréquentait des chapelles de couvent?

— Depuis qu'a y cache ses hardes de sœurs, riposta la veuve.

Cet argument tourbillonna comme un vent de suroît par les buttes et les champs du nord. On commençait à trouver que Mariaagélas s'était conduite drôlement depuis un certain temps. Depuis sa randonnée sur les glaces, plus précisément.

Et la veuve continuait de jeter de l'huile sur le feu. Elle courait à droite et à gauche, des granges aux cabanes à la forge des Allain. Elle fit tant, qu'un bon jour, le nord partit en procession à travers le cimetière jusqu'à la petite chapelle qui pendait au-dessus de la mer.

Basile entra le premier; puis tous suivirent, trois ou quatre à la fois. C'était une espèce d'oratoire, bien rangé, bien propre, où se dégageait une odeur de cire et de litanies des saints. Chacun qui pénétrait dans le lieu sacré pliait brièvement le genou et se signait. Puis, intimidé, il cherchait d'un coup d'œil rapide à découvrir, entre les fougères et les lampions, quelque indice d'hétérodoxie. Rien. Tout était en place et bien catholique. La veuve, encore une fois, avait rêvé.

— Savez-vous, se risqua Thaddée, que d'icitte, les sœurs avont une satrée belle vue sus la mer! Ça doit leux aïder à prier la Stella Maris, ça.

— Apparence que c'est droite icitte qu'ils avont composé l'*Ave Maris Stella*.

— Ça doune putôt l'envie de chanter *Partons la mer est belle*.

— Toi, c'est parce que t'es un vieux païen, et pis un bootlegger.

À ce moment-là, Bidoche du bord du cap s'approcha pour voir où était tombée la veuve à Calixte, et vit que c'était plein de petits trous dans le sable. Il dévala aussitôt jusqu'à la côte et creusa avec ses doigts et son couteau de poche.

Les hommes petit à petit descendirent rejoindre Bidoche et l'on pêcha tous les coques des sœurs. Quand une couple d'heures plus tard, la veuve à Calixte arriva à la petite chapelle, accompagnée du restant de la paroisse, les nouveaux venus trouvèrent les pêcheurs du nord assis au pied de l'Immaculée Conception, en train de manger des coques.

En quittant les saints lieux sous les imprécations de la veuve, les hommes étaient assez honteux. Ils n'avaient pas voulu profaner le sanctuaire; mais toute cette fougère, et cette cire fondue, et ces plâtres aux couleurs vives, en plein sur le cap, ça leur paraissait tellement irréel, qu'ils avaient glissé sans s'en rendre compte des dévotions au pique-nique. De toute façon, on n'avait rien trouvé de louche dans la chapelle, absolument rien, pas l'ombre d'une espèce de…

En disant ça, Basile à Pierre vit trébucher juste devant lui son compère Polyte qui disparut dans une tombe. Plusieurs femmes crurent perdre connaissance; et les hommes se précipitèrent dans la fosse pour en arracher le vivant enterré. Décidément, la journée allait mal finir. Pas plus grand présage de malheur qu'un vivant dans un tombeau.

— Y a de la mort dans le temps, annonça la veuve Bidoche. Chacun serait mieux de faire ses prières.

Et d'instinct l'on se tourna vers la petite chapelle qu'on venait de profaner. La vieille Crochu proposa alors qu'on y retourne pour faire pénitence. Et la procession fit demi-tour.

En traversant de nouveau le cimetière pour rentrer chez soi, après la pénitence faite, chacun contournait la tombe vide sans oser y jeter un œil. S'il devait y avoir un mort bientôt, le long de la côte, on ne voulait pas encore savoir qui.

Basile à Pierre seul s'arrêta au bord de la fosse. Elle était vide. Pas un os, pas une planche. C'était pourtant un trou qui avait dû abriter un mort longtemps passé. Pour qu'il n'en reste plus rien, fallait qu'on l'eût bien vidée, nettoyée... Pourquoi ? Et Basile, qui avait affronté la mort vingt fois dans les tempêtes en mer, se pencha au-dessus du gouffre. Un vague relent de quelque chose lui atteignit les narines. Ce n'était pas une odeur d'enfer ni de fantôme qui s'en dégageait, mais bel et bien le parfum des bons vins de Saint-Pierre ou du rhum de la Jamaïque.

Basile se releva de la tombe sans dire un mot et s'en fut à sa forge. Mais en passant devant les Gélas, il hocha la tête et dit entre ses dents :

— Satrée Maria ! A' ira loin.

On s'inquiéta beaucoup à la Baie de l'incident du cimetière. Au point d'en oublier le bras en écharpe de la veuve et ses accusations contre Mariaagélas. Mais la veuve, elle, n'oubliait rien. Elle croyait plutôt flairer autour de la tombe ouverte quelque machination du diable, donc de la Maria. Tout cela était obscur, mais elle n'aurait pas été étonnée de découvrir du Gélas là-dessous. Ce grand trou béant dans le cimetière lui rappelait trop celui de la forge, puis du champ des soeurs. Le bœu', par hasard, serait-il passé par là ? Il fallait parler à Basile.

La complicité entre Basile à Pierre et la veuve à Calixte était assez superficielle, chacun tenant à garder à son compte les informations qu'il pouvait obtenir contre leur ennemi commun : le clan Gélas. Aussi Basile eut-il une petite grimace quand il vit la veuve s'approcher à grands pas de la forge. Quoi c'est qu'elle comptait lui arracher, c'te fois-citte ?

La veuve ne prit aucun détour : elle voulait savoir ce qu'on avait caché dans la fosse.

— Ben je le sais-t'i, moi ? qu'il fit, le Basile.

La veuve à Calixte ne désarma point :

— T'avais la tête dedans tantôt, je t'ai vu.

— Pourquoi c'est que tu vas pas ouère si tu veux tant le saouère ?

— Parce qu'une créature de mon âge qui boscule en bas du cap peut point aller la semaine d'ensuite s'écraser dans une fosse.

Par égard pour le bras en écharpe, le forgeron poussa une chaise à la veuve.

— Y a pus rien dans le trou, qu'il dit, pus rien pantoute. Peu importe quelle sorte de façon de mort qu'était couché là un jour, il a bâsi.

— Ben si ils avont vidé le trou, c'était pour y enfoui' d'autre chouse.

— Ça itou ç'a bâsi, répondit Basile.

Et la veuve comprit que ce jour-là, elle n'apprendrait plus rien. Elle se leva et, tirant le loquet :

— En tout cas, des malheurs sont dans l'air ; la veuve au vieux Bidoche a point parlé pour rien. Les temps sentont la mort, qu'elle a dit.

Basile ramassa sa mailloche et se mit à cogner sur l'enclume pour s'occuper les esprits.

Le même soir, le forgeron des Allain se rendit à la grange du Ferdinand. Il trouva le douanier occupé à réparer ses trappes.

— C'est-i' que tu comptes pêcher pareil, Fardinand ?

Le douanier fit semblant de ne pas saisir le sens de la question.

— Pareil à cause de quoi? qu'il dit.

Basile reprit sa phrase:

— C'est que je croyais qu'un officier de pêche…

— Chus douanier, Basile, souviens-toi-z-en.

Le forgeron avala sa salive et se dérouilla la gorge. Le Ferdinand devait bien savoir ce qu'il voulait dire. Il devait bien comprendre que sus la mer, il se passe toutes sortes de chouses pas toujours dans la loi… et qu'un houme du pays coume tous les autres, sorti des mêmes ancêtres et cousin adjermé de la moitié de la paroisse, cet houme-là, même noumé par le gouvernement… Basile s'embrouillait. Il était venu avertir Ferdinand de prendre garde à lui, de ne pas pousser les hommes à bout. Au fond, il l'avait toujours respecté, le Ferdinand. Mais il savait par ailleurs que les temps étaient durs et qu'il fallait vivre.

— Les houmes des côtes sont pas tout le temps…

Mais Ferdinand l'interrompit.

— Je le sais, Basile. J'ai vingt ans de plusse que toi. Ben la mer appartchent itou au pays, avec tout ce qu'y a dedans. Pis le pays, il est gouvarné par d'autres que nous autres.

Basile regarda Ferdinand droit dans les yeux:

— C'est ben la raison pourquoi c'est qu'entre nous autres, je pourrions essayer de nous supporter.

Ferdinand ne répondit pas. Il avait eu la possibilité d'accepter ou de refuser l'offre du ministère. Il avait fait son choix. Maintenant…

Il regarda partir Basile et se sentit vieux tout à coup.

CHAPITRE XXV

Ç'avait tout l'air que rien ne pourrait décourager la veuve à Calixte : ni l'incrédulité des gens du nord, ni les récents événements du cimetière. Elle avait dans sa tête dure que seule Mariaagélas avait pu la pousser en bas du cap : il fallait le prouver à la face du monde. Et elle était décidée à aller jusqu'au bout, la veuve du défunt Calixte.

Mariaagélas comprit qu'elle était mieux de disparaître de la scène pour quelque temps. L'occasion s'en offrait avec le va-et-vient continuel des goélettes sur le Détroit et sur le Golfe.

Et un matin de juin, elle s'embarqua.

Cette nouvelle disparition de la fille des Gélas n'effraya plus personne. On avait appris beaucoup de choses, le long des dunes depuis l'hiver... On avait appris surtout à se méfier des récits de chasse aux phoques sur la baie. Les gens des côtes passent pour les meilleurs raconteux du pays. C'est dire qu'ils ont l'habitude des histoires et qu'on ne les bourre pas avec des contes. Aussi dès la fin mai, tout le monde savait à quoi s'en tenir sur l'épisode des glaces. Mais le prestige de Maria n'en diminua pas pour autant. Car les rudes gaillards de mon pays trouvaient plus héroïque cette expédition outre-frontière en travesti religieux, qu'une banale aventure de chasse sur la baie.

La seconde disparition de Mariaagélas ne fit donc aucun bruit. Mais ça inquiéta la veuve à Calixte.

— Qu'a' prenne ben garde d'aller bâsir avant que je l'aie pognée, la forlaque.

C'était justement ce qu'elle voulait éviter, la forlaque, de se faire pogner. Et elle voguait vers les îles du Golfe.

La vie de bateau intéressa beaucoup Mariaagélas. Elle était née les pieds dans l'eau, la fille des côtes. Et durant toute son enfance, elle avait barboté dans les étangs et les barachois. Le flux de ses veines était à peu près rythmé sur les marées, et sa respiration sur la vague. Elle était fille de la mer jusqu'aux tripes.

Son navire eut la chance de croiser quelques merveilleux icebergs bleus et jaunes qui ressemblaient à des palais de contes. On assista aussi à la lutte des marsouins et des baleines, et à la danse des dauphins. Ç'avait été en somme un beau voyage : Maria était comblée.

Une fin d'après-midi, juste avant la brunante, un matelot héla des haubans qu'il apercevait un navire en feu à l'horizon. Tout l'équipage accourut sur le pont. Mariaagélas aussi. On voyait clairement un vaisseau brûler, en effet, à quelques milles. Tout le monde se tourna vers le capitaine. On était conscient du danger : on avait sa propre cale pleine de marchandise illicite ;

mais là-bas, un bateau était en perdition, avec des hommes à bord, des matelots comme eux. Le capitaine ne daigna pas jeter un œil à son équipage, mais éclata de rire.

— Vous risqueriez vos vies et vos fortunes pour ce bateau-là? qu'il dit.

Et tout le monde fut sidéré. Mariaagélas serra les dents, puis les poings.

— Ben, les enfants, je m'en vas vous raconter une histoire avec une morale. La morale, c'est: prenez pas des vessies pour des lanternes, ni des moulins pour des géants; pis l'histoire, c'est celle du bateau-fantôme.

Et le capitaine des Îles Saint-Pierre-et-Miquelon raconta à son équipage la macabre aventure de ce navire qui brûle depuis des siècles sur les côtes de l'Atlantique. C'était un châtiment éternel. L'équipage de ce bateau s'était rendu coupable de quelque faute grave: le viol d'une jeune Indienne, ou le massacre d'un village, ou l'incendie des maisons de Grand-Pré... on ne savait plus très bien. Il circulait plusieurs versions sur la nature du péché que devait expier ce bateau-là. Tout ce dont on était sûr, c'est qu'il expiait. Depuis des générations. Le châtiment s'était abattu sur le navire dès le lendemain de son forfait: il avait péri corps et biens dans une tempête en haute mer. Depuis ce jour-là, il réapparaissait périodiquement et brûlait de nouveau. Mais ce n'était plus le bateau qui brûlait, c'était son fantôme.

Le capitaine scruta le temps et ajouta:

— Le bateau-fantôme apparaît la veille d'une tempête. C'est pour ça qu'on l'appelle aussi le feu du mauvais temps.

Le lendemain, la tempête éclata.

Elle dura deux jours, avec des vents de soixante-dix milles à l'heure et des vagues de cinquante pieds. Au début, l'équipage lutta de toutes ses forces contre les eaux chavirées. À la fin du deuxième jour, on rendait sa gorge à la mer en attendant de rendre son âme à Dieu. Seule Mariaagélas tenait encore, pâle, mais debout.

Elle dut se montrer fort brave et ingénieuse, la fille de la Baie, parce que son nom fut longtemps respecté par tous les marins de la contrebande sur le Golfe. On raconte qu'elle ravigota elle-même plus d'un jeune mousse qui se tenait le ventre et réclamait sa mère. Elle n'était pas pour rien d'une race de mariniers et de guérisseuses, la Gélas. Quand on a vécu deux siècles dans une cabane que les marées promènent d'une dune à l'autre, on a le sang un petit brin salé ; on connaît de plus des recettes de tisanes qui savent aussi bien réchauffer le cœur que stabiliser l'estomac et les boyaux. On a rapporté plus tard que Mariaagélas courait du tillac à la cale, grimpait dans les haubans, rabattait les voiles, maniait la barre, bandait les entorses, et huchait aux hommes :

— Halez-vous, bandes d'empioches ! Sortez vos carcasses des hamacs ! Deboute ! Pus parsoune qui badjeule, ni dedjeule icitte.

Et apparence que les hommes se redressaient à la voix de cette Jeanne d'Arc des flottes et refoulaient les lames.

Mariaagélas sentit soudain le bateau ralentir et leva la tête. On approchait des basses, mais ce n'était pas une raison. Elle se rendit alors à la proue et vit les hommes scruter l'horizon ; on venait d'apercevoir les canots des douanes au sud-ouest. Ça pouvait mal finir.

Ça finit mal, en effet, mais pas pour Maria.

Son expérience aux États l'avait aguerrie : elle prenait du métier et de l'aplomb. Elle courut chez le capitaine et lui exposa son plan. Aussitôt la proue piqua vers le nord. En une couple d'heures, on avait atteint les bouées des cages à homard du comté voisin. Et les bootleggers se mirent en frais de lever les trappes. Quand les douaniers rejoignirent la goélette, ils ne trouvèrent plus une seule cruche de rhum ou de vin blanc dans la cale. On arrêta quand même l'équipage pour vol de homard. Mais c'était, à cette époque, un crime moins grave que la contrebande de boisson. Et les douaniers se contentèrent de livrer les voleurs de trappes à la colère des pêcheurs. Assez curieusement, les pêcheurs du nord qui s'en vinrent le lendemain lever leurs trappes ne sombrèrent pas dans la colère prévue par les douaniers.

— Sacrés pêcheux ! vociféra l'officier sorti de la capitale. Ils nous envoyent une pétition pour un hareng volé ; puis on leur rafle chacun trente livres de homard, et ils ont pas même l'air perdants.

Le fait est qu'à l'échange de trente livres de homard contre une douzaine de cruches de rhum, le pêcheur ne se sent pas perdant. Et Ferdinand, qui le connaissait bien, jugea plus sage de se taire et de ne pas fouiller les trappes.

Le seul perdant fut le grand Vital qui avait déjà payé sa marchandise. Il voulut exiger rétribution de la goélette qui profita de la vague et s'enfuit vers les îles, abandonnant Mariaagélas sur la pointe de la dune. Elle rentra à pied à la Baie, fourbue, mais l'âme haute et consciente d'avoir encore un coup vaincu la douane, les officiers et le vieux Ferdinand.

Le grand Vital était moins fier et nourrissait des sentiments d'un autre ordre. Ferdinand allait la lui payer, sa cargaison de cruches et de pontchines! Mariaagélas songea aux avertissements de la Bidoche et rentra à la forge de son père, la mine soucieuse et chagrinée.

Gélas se méprit sur la tristesse de sa fille et lui dit:

— Ça paraît qu'y a des pêcheux, dans le nôrd du pays, pus chanceux que ceuses-là du sû. Ils contont que leu houmard avait un petit brin un goût de whisky à la darniére levée des trappes.

Et Gélas éclata de rire en se tapant les cuisses.

— Si le Basile pouvait réussir ce coup-là, ajouta le forgeron, il serait pêcheux pour de bon et abandonnerait sa motché-forge.

CHAPITRE XXVI

L'histoire des cruches de rhum et du vin de Saint-Pierre dans les trappes à homard secoua toutes les dunes de la côte d'un rire qui atteignit le vieux Ferdinand en plein cœur. C'était rendu que les pêcheurs étaient de connivence avec les contrebandiers. Du rhum dans les trappes! Et le douanier songea à la saison du homard qui débuterait en août à la Baie. La forge des Allain était capable de s'allier à celle des Gélas pour organiser une pêche de bouteilles au fond des cales. Si Basile et Polyte se le mettaient en tête…

Il restait un recours à Ferdinand : Mariaagélas. C'était insensé, mais c'était sa seule issue. La fille des Gélas était dans le coup, bien sûr, mais elle n'aimait pas les Allain. Surtout, elle détestait la veuve à Calixte. Si Ferdinand pouvait pousser la veuve dans les trappes, Maria s'en éloignerait. Il fallait dresser les deux femmes l'une contre l'autre au-dessus du homard.

Et Ferdinand prit le pont, du côté du Lac-à-Mélasse.

Au dire de Thaddée à Louis, l'entretien de la veuve et du douanier avait duré plusieurs heures et tourné à la satisfaction des deux : car Ferdinand sortit tout souriant du logis du défunt Calixte, et la veuve partit aussitôt vers le sud en balançant son bras en écharpe.

— Et pis la veuve à Calixte, d'ajouter Thaddée, est jamais pardante dans une argumentation, quand c'est qu'a peut la faire durer longtemps assez.

C'était vrai. Elle connaissait l'art d'essouffler et d'épuiser son interlocuteur, la mégère, et de le faire fléchir d'atrophie. Ferdinand avait vu juste : la veuve à Calixte aurait fait un excellent pêcheur d'eau profonde.

Était-ce là sa proposition ? Le douanier avait-il soufflé à la veuve de reprendre le commerce de feu son houme et d'acheter le homard à la côte avant les commis du grand Vital ? C'était une entreprise hasardeuse pour une femme ; mais la veuve à Calixte avait déjà mené plus d'une entreprise avant celle-là, sans compter celle de conduire la paroisse à Dieu.

À la fin juillet, toutes les trappes étaient prêtes. Elles étaient là, sur le sable et sur les quais, empilées comme des châteaux de cartes. Et dans les chaloupes, les bouées agitaient au vent leurs pavillons rouges, jaunes, bleus, les couleurs des pêcheurs de homard qui s'en iraient bientôt se tailler leurs fiefs au large. La veuve à Calixte aussi était prête. Mais son fief à elle, c'était la terre ferme. C'était là, sur le sable et les cailloux, qu'elle les attendait de pied ferme, les pêcheux... Les pêcheux, pis les acheteux. Qu'ils viennent, mais qu'ils viennent donc ! Son Calixte à elle, quand il vivait, n'avait-il point acheté le homard à bon prix au sortir des trappes ? Durant trente ans, il avait trafiqué, son houme, et pis honnêtement. Il avait trafiqué le homard et les huîtres, entre la mer et les provinces de l'Ouest, sans s'enfarger dans les lois du gouvernement. C'est pas Calixte, songea sa veuve, qu'ils ariont pris à vendre de la boisson dans des cotchilles de houmard.

Et elle rit toute seule. C'est rare qu'elle riait, la veuve à Calixte, mais ce vin camouflé dans les coquillages… tout de même! L'idée lui était venue en même temps que l'image. Ça n'était peut-être pas si fou. Et c'est pas sûr que la Mariaagélas y aurait songé. Elle se ravisa pourtant, la veuve, et se défendit au nom de sa foi, sa morale et son rang dans la paroisse, de minatter des idées pareilles. Son défunt Calixte avait trafiqué honnêtement d'une denrée honnête, pendant trente ans. Elle saurait garder le flambeau.

Au début d'août, les côtes comprirent que la veuve s'en mêlerait. Elle entrait en lice, la grand' bringue. C'est la forge des Allain qui l'apprit la première, mais c'est celle des Gélas qui en fut la plus scandalisée. Avec la veuve sur les côtes, finis les petits trafics de goélettes en chaloupes, et de chaloupes en dorés. Fini aussi le monopole du grand Vital; il lui faudrait désormais transiger avec les pêcheurs, peut-être négocier avec la veuve. Et le chef contrebandier ne pardonna pas cette nouvelle intrusion dans ses affaires au vieux Ferdinand.

Il s'en vint trouver Mariaagélas au bout de la dune et ils causèrent longuement, Bidoche les a vus. Et c'est Boy qui fit parler le Bidoche. Puis Boy rapporta tout à la forge du nord.

— Ça serait-i' que le grand Vital se croyit le seul acheteux au pays?

— I' craindrait-i', par azor, qu'i' trouvit pus fin renard que lui?

— Ou ben donc que devant deux acheteux, les pêcheux pourriont monter leux prix?

Il craignait tout ça, le Grand Vital, ça ne faisait aucun doute; et il transmit sa crainte à Mariaagélas.

C'est elle qui s'en vint fourrer le nez au nord, un bon jour, pour sentir de quel côté virait le vent.

— J'arons-t-i' un grain du sû ou de la bourrasque de noroît? hucha-t-elle à Basile à Pierre en passant devant sa forge.

Il savait lire les mots aussi bien que les vents, le Basile, et il garocha à la fille des Gélas par-dessus la bouchure de lices:

— J'sais point d'où c'est que viendra le vent, ben j'sais que j'arons de l'orage: mettez vos capes.

Elle n'en resta pas là, la fille du sû. Elle voulait connaître les intentions des pêcheux et leur sentiment vis-à-vis de la nouvelle marchandeuse. Pour ça, fallait y aller doucement, de travers et d'en dessous, un peu de biais aussi. Et elle aborda par le nord-nordet.

— Apparence que les trappes du nôrd avont rapporté grous c'te ânnée, Basile.

— Tu serais ben placée, Mariaagélas, pour le saouère, apparence.

— Apparence même que certains d'entre-z-eux ariont parlé de continuer la pêche au sû et de faire deux saisons.

— Eh ben là, il leu faudra, à ceuses-là, traiter avec les pêcheux du pays qui pourriont, sauf leu respect, aller forter dans leux trappes.

— Ça pourrait amener de la chamaille au large, tout ça, et tchequ'un pourrait se faire mal.

— Y a tchequ'un d'autre qui va se faire mal si i' se mêle de ce qui le regarde pas.

Cette dernière phrase de Basile s'adressait-elle à Maria? à Vital? aux douanes? Mariaagélas ne savait plus comment amener la conversation sur le dos de la veuve à Calixte sans trop se hasarder. Et tournant le dos à la forge, elle dit comme ça, par-dessus son épaule :

— Ouais, c'est dangereux pour une veuve de déterrer les affaires de son défunt; les morts aimont point ça, que ma grand-mére contait.

Basile laissa partir Maria sans faire semblant qu'il avait compris. Elle avait des raisons, la contrebandière, pour vouloir éloigner la veuve à Calixte de la côte. Et Basile les connaissait, ces raisons. Enfin, les Gélas étaient coincés dans la crevasse du rocher. Dans des cabournes, comme le homard qui s'aventure trop proche des côtes. C'était sa chance, à lui, Basile, de les faire danser sur le feu, les Gélas, Gélas fils de Gélas, de Gélas... toute la horde des Gélas! Et c'est la veuve à Calixte, une Caissie comme eux, qui les aurait eus, ces prétentieux du sû qui avaient cru pouvoir faire la loi au pays. Depuis que le premier Gélas avait débarqué sur la pointe de la dune et avait planté là les piquets de sa cabane, toute la race s'était transmis, de père en fils, une sorte de droit de souveraineté qui faisait plier l'échine à tout le pays. Il viendrait pourtant un jour où c'est qu'ils connaîtraient leurs Plaines d'Abraham, les Gélas, et ça serait peut-être lui, le Basile à Pierre Crochu... Il eut peur de sa comparaison, Basile, les Plaines d'Abraham n'ayant rien apporté de bon dont il aurait voulu, lui, le pêcheur des côtes.

En s'éloignant de la forge des Allain, Mariaagélas grimpa sur la colline, du côté de chez Calixte. Le défunt mari de la veuve avait l'habitude, pour garder le homard au frais, de se bâtir à la rivière une bourdigue, que dans mon pays on nomme un nijagan. Si la veuve à Calixte avait l'intention de reprendre le négoce, Maria pourrait toujours l'apprendre de ce côté-là. Mais elle n'eut pas le temps de rejoindre le nijagan : la veuve l'avait vue venir.

— Y a-t-i' tcheque chouse que je pouvons faire pour une fille du sû ?

C'était une aigre bienvenue. Mais la fille du sû avait l'habitude et ne s'attendait pas à des effusions. Pourtant, elle aurait préféré éviter ce face-à-face, le premier depuis l'accident du cap.

— C'est point assez, Mariaagélas que t'estropies le monde, t'en viens-tu asteur assayer de les voler jusqu'à chus eux ?

Mariaagélas vit la veuve grimper sur ses grands chevaux, s'emparer des cordeaux, et prendre l'offensive. Elle devait la faire trébucher tout de suite et l'empêcher de prendre son élan.

— Calme-toi les narfes, la veuve, et pis sogne tes méninges. T'aras besoin des deux bétôt pour régler tes comptes avec les tortues.

La veuve à Calixte jeta du côté de Maria un œil de mépris et fit : Peuh ! Mais elle n'y tint pas longtemps et bientôt son nez s'épointa :

— Assaye pas de remplir la tête au monde, Maria-agélas, qu'elle fit dans l'espoir d'en savoir plus long.

Mais Maria, qui sentait la curiosité frétiller dans le cou de la veuve, prit tout son temps. Elle couva des yeux l'immense baie qui chatouillait la côte entre les dunes et les barachois et elle dit lentement, comme si elle venait tout juste d'en avoir l'inspiration :

— C'est rien que pour te dire qu'y ara point de pêche dans notre boute c'te ânnée; par rapport que des pêcheux de l'Île venont de prendre dans leux filets une tortue d'une demi-tonne qui se nourrissait de houmards et qui les a toutes estropiés. Apparence qu'une trappe lèvera point un seul houmard avec ses deux pattes et sa tcheue, c'te saison-citte.

La veuve en garda les yeux ronds et la bouche ouverte. Une tortue d'une demi-tonne prise dans les filets? Ben d'où c'est que ça pouvait venir, le monstre?

...Le monstre venait des eaux tièdes d'Amérique du Sud et pouvait avoir mille ans, aux dires des inspecteux qui le gardaient dans un bassin à l'est de l'Île.

Alors la veuve se ressaisit et, louchant vers la forlaque du sû, elle la nargua:

— Et d'où c'est que tu tchens tes nouvelles, Maria-agélas, asteur?

— De ma tante Clara qui l'a vue de ses yeux vue et qui vient de rentrer au pays, si tu veux le saouère.

Cette fois la veuve en eut la mâchoire barrée. Elle avait goûté à bien des surprises, au cours de l'année, mais ce retour inopiné de Claraagélas la laissa muette et sans moyens. Elle aurait pourtant tout l'été pour se ressaisir, la commère, et pour savourer jusqu'au suc cette étrange péripétie dans la petite histoire de son pays.

CHAPITRE XXVII

Les Gélas n'eurent pas le loisir de répandre la nouvelle ;
la veuve à Calixte, en l'apprenant de la bouche même
de Maria, s'en était emparée comme de son bien propre
et s'était élancée sur le village comme une éloèze. Avant
la nuit, toutes les galeries et tous les perrons résonnaient d'un nom que le pays avait quasiment oublié.

— Vous voulez me dire la Claraagélas ?

— Ben oui, figurez-vous asteur !

Et la veuve poursuivait sa route par les buttes et les
pointes de sable.

— La Claraagélas est revenue.

— C'est-i' Djeu possible !

— Ça faisait pourtant une boune escousse qu'elle
était partie.

— Un bon élan, pour sûr.

— Ça doit faire au moins quinze ans, c'était avant
l'année de la baleine, si je me trompe pas.

L'année de la baleine avait été fructueuse en événements : une goélette coulée dans le goulet ; les David à Louis qui passaient au feu ; une épidémie d'auripiaux des deux bords tout le long des côtes, et pour finir une baleine échouée sur l'échouerie. Tout ça la même année. Mais c'était la baleine qui avait eu la priorité, car on avait baptisé cette année-là de son nom.

— Si je me trompe pas, insista la vieille Crochu, la Claraagélas a disparu avant l'année de la baleine.

Après avoir établi la chronologie de sa disparition, le village n'en était encore qu'à l'entrée en matière ; il restait à en déterminer les causes, les circonstances, les péripéties, en somme il fallait reconstituer pièce par pièce la vie d'une fille du pays qui avait gardé silence pendant quinze ans. C'était une besogne qui pouvait prendre l'été au cercle des crocheteuses qui avaient pourtant du métier : elles passaient toutes leurs veillées d'hiver dans le tapis et la courtepointe. Si quelqu'un savait faire de l'assemblage, c'était bien les femmes de la Baie.

Mais on était au mois d'août. Claraagélas n'avait pas de chance. En août là-bas, c'est la pêche et le blé d'Inde. C'est malaisé de négliger les récoltes et surtout le homard. La veuve à Calixte ne savait plus où donner de la tête. Et elle qui se préparait à reprendre le commerce de poisson.

— Mon Djeu séminte ! la tortue !

Elle l'avait oubliée, celle-là, grand Dieu ! Et elle courut chez le Ferdinand.

C'était bien vrai. L'histoire qu'avait rapportée Claraagélas à propos d'un monstre de tortue qui mangeait le homard était parvenue aux oreilles du douanier. On racontait même que le fond de la mer pouvait en être pavoisé, de ces mangeuses de coquilles, et que ça pouvait être la fin de la pêche le long de l'Atlantique pour une bonne dizaine d'années.

— Et c'est pour ça que vous m'avez conseillé de reprendre à acheter, Fardinand? Par rapport que vous saviez ben que la mer serait sec c'te ânnée.

Ferdinand s'efforça de calmer la veuve. Personne ne savait rien de la tortue avant qu'elle ne se prenne dans les filets. Et pis même à l'heure qu'il est, on ne savait à peu près rien. Il fallait attendre les directives du gouvernement.

— Le gouvarnement! Je m'en vas t'en faire un, moi, un gouvarnement!

Et elle sortit de la grange du douanier comme un bœu' de garde en liberté. Quand la forge des Allain la vit approcher:

— Pornez garde à vous autres, dit Boy à Polyte, la veuve à Calixte est lousse.

La veuve à Calixte n'était pas la seule femme lousse au pays: désormais, il y avait aussi la Claraagélas. Elle était nouvellement lousse, Clara, et s'ajustait par les petits à la vie des côtes. Ce n'était pas facile, elle avait un peu perdu l'habitude de marcher sur le sable mou et chaud. Toutes ces années passées où?…

Mariaagélas partait souvent sur la dune aux côtés de sa tante. Elles se promenaient sans échanger beaucoup de paroles, les deux filles de la mer. Mais même en silence, Maria apprenait chaque jour un peu plus de la vie de Clara. C'était évident qu'elle avait passé le plus clair de son temps en prison, sa tante. D'abord pour expier l'incendie de la shop; puis pour ses nombreuses évasions. Elle n'était jamais restée plus d'un an derrière les barreaux, que comprit Maria en marchant sur la dune; mais jamais plus de quelques mois consécutifs en liberté. Chaque fois qu'on la rattrapait, on lui recollait encore deux ans. Elle en faisait un, puis s'évadait. Plus de quinze ans.

Une bonne fois, Maria s'arrêta sur le sable et demanda à Claraagélas comment elle organiserait sa vie si c'était à refaire.

— Une vie est jamais à refaire, qu'elle lui avait répondu. Et pis c'est yelle qui nous fait.

Les gens de mon pays sont loquaces autour du feu de la forge, ou en guettant l'éperlan sur la glace, ou penchés sur des sillons de cosses et de navets. Mais pas seul à seul, quand ils se parlent pour vrai. De temps en temps un mot, une phrase, puis faut deviner le reste. C'est pour ça que les gens de là-bas ont l'œil prime: ils ont appris très tôt à lire le temps, la mer, les gestes.

Maria aborda la question de la tortue. Clara l'avait-elle vue, vraiment vue? Et ça pourrait-i' se faire que le homard en soit détruit pour quelques années dans le Détroit?

— Y a pire que les tortues dans le monde, Maria.

Ça, Maria le savait. Mais elle aurait bien voulu en connaître plus long, sur les tortues géantes et sur tout le reste. Depuis quelque temps, on charriait à la Baie des idées et des histoires qui effrayaient le monde. On parlait de guerre dans les vieux pays, de renversement de gouvernement, on parlait même d'abolir la prohibition.

— Jésus-Christ du Bon Djeu! s'était écriée la mère Gélas.

La fin de la prohibition, c'était la fin des goélettes sur les côtes la nuit ; la fin des alambics camouflés dans les forges et dans les caves, la fin de la prospérité des Gélas, surtout.

— Ça se parle, disait Basile, ça se parle. Ah ! y en a qu'aront le bec à l'eau.

— Pour ceuses-là qu'avont accoutume de l'aouère dans la flacatoune, ça va leu changer le corps.

Les pêcheurs avaient beau jeu, et ils se gaussaient. Mais alors quelqu'un de la forge du sud leur rappelait la tortue. Et il n'y avait pas de quoi rire. On avait entendu dire que dans les anciennes époques, des monstres étaient apparus comme ça pour dévorer les hommes ou les récoltes. On se souvenait de Jonas. Mais tout cela était si loin. Et puis c'étaient des punitions envoyées par Dieu, comme à Sodôme et Gomorrhe.

— Et de quoi c'est que je serions punis, nous autres ? se demandaient les femmes de la Baie.

La veuve à Calixte n'avait encore rien dit ; c'était son tour.

— Je payons peut-être ben pour les péchés des autres, qu'elle fit.

Les péchés des autres ! c'était un gros mot, ça. Jusqu'à Notre-Saint-Père-le-Pape, qu'on avait appris, qu'était obligé de pécher sept fois par jour. Sept péchés pour un pape, c'était malaisé à se le figurer, mais c'est le Bon Dieu en personne qui l'avait dit. Et celui-là qu'est la Vérité-Même peut pas mentir. Ça fait que les péchés des autres…

La veuve ne démordit pas.

— C'est sûr que je sons toutes pécheurs ; ben y en a qui le sont plus ouvertement, et c'est une insulte à la face de Dieu.

Cette «face de Dieu» saisit les femmes en plein cœur. C'était un argument d'un genre nouveau qui les impressionna, car les crocheteuses de tapis n'étaient pas tellement jésuites. Il y eut des réticences pourtant du côté de la vieille Crochu.

— Enfarme ta langue dans ta goule, la veuve, si tu veux pas empoisouner la parouesse.

La veuve à Calixte se tut pour tout de suite. Mais avant de quitter les voisines, elle jeta un dernier galet dans la mare qui fit des ronds.

— En tout cas, moi je craindrais, à la place des pêcheux, une sorcière qui rapporte une tortue d'une demi-tonne des pays chauds, et qui sème le malheur entre les chrétchens.

Le dernier mot de la veuve fit des ronds jusqu'aux anses et aux buttereaux. On se mit à regarder Clara-agélas d'un drôle d'air. Quoi c'est qu'elle avait fait durant quinze ans? Et où c'est qu'elle avait été? Pourquoi c'est ouère qu'elle avait point baillé de ses nouvelles? Et à l'heure qu'il est, quoi c'est que la paroisse en savait si elle se cachait point de la police asteur?

Mariaagélas partit comme une furie de sa cabane et s'élança sur les collines. Elle s'en allait lui montrer, à cette vipère à Calixte, qui c'est dans la paroisse qui faisait les péchés d'Israël. Elle lui ferait vomir son eau bénite et ses saintes huiles, à la fripeuse de bénitier.

Mais quand elle atteignit la maison de son ennemie, elle y trouva Sarah Bidoche, la guérisseuse. Le temps était venu de lui enlever ses éclisses, à la veuve. On allait voir si les os s'étaient raboutés. Et Sarah défit l'écharpe, puis l'attelage. La veuve à Calixte leva le bras au-dessus des têtes, mais il resta plié, comme une faux.

Mariaagélas repartit sans rien dire. En dévalant la colline, elle songea:

— Avec une faux pareille, la veuve à Calixte serait capable de métiver tout le pays.

CHAPITRE XXVIII

Les hommes partirent de grand matin le 10 août pour aller lever les trappes, tandis que les femmes agitaient les bras à la côte. La dernière image qui resta aux pêcheurs ce matin-là fut celle de la veuve à Calixte qui fauchait la brume. Puis la rive se noya à l'horizon. Une nouvelle saison de pêche au homard était commencée.

Les bateaux disparus, la vie reprit son allure entre les buttes. Et on se relança sur Claraagélas. Quelqu'un avait-i' su d'où c'est qu'elle venait au juste? C'était-i' vrai qu'elle avait connu plusieurs prisons et quasiment l'échafaud? Et la tortue, elle l'avait vue?

— Ça me surprendrait pas que c'te forlaque-là cacherait un *Petit Albert* dans sa poche.

— Oh!...

Ça, c'était pas impossible. C'est là, après tout, qu'on le trouvait d'ordinaire, le mauvais livre: chez les sorciers. Et il n'y a pas plus sorcier que les Gélas, c'est la veuve qui le dit. Ça n'aurait rien d'étonnant qu'un jour… mais entre chrétiens, faut se taire. Ben oui. Ah! je vous assure que si elle n'avait pas été chrétienne, la veuve à Calixte, elle aurait tout raconté à ses voisines : comment les Gélas vivaient de leur alambic caché dans la forge ; comment l'un des garçons, Tilmon, courait la galipotte à l'heure qu'il est à travers le monde ; comment la Maria… y a rien à dire sur la Maria, tout le monde la connaît ; et puis comment, au moment où plus personne ne l'attend, s'amène la Clara, la fille du vieux Louis, c'telle-là même qui volait les beluets dans les gobelets des autres, enfant, et qui pissait dans ses hardes, et qui se mouchait à ses manches, et qui s'en a été finir ses jours derrière les barreaux. C'est c'te femme-là, asteur, qui va s'en venir déranger la paix du bon monde et fortiller dans leu boune terre ?

Et le bras de la veuve empoigna le vent de nordet et le fit revirer vers le sû.

Les pêcheurs rentrèrent à la fin du jour dans des bateaux délestés : la mer était vide. Point de homard cette année-là. Rien. Quelques petits et des femelles portant leurs œufs, ceux-là mêmes qu'il fallait jeter à l'eau, pour la graine.

— La graine, sacordjé ! Et pour qui asteur, pour les tortues ?

…Les pêcheurs de la Baie, incapables de nourrir leurs familles, se voyaient forcés de nourrir les tortues-monstres que les mers du sud déversaient sur leurs côtes. Et c'était ça, la démocratie ? Le gouvernement venait de passer une loi défendant aux hommes de toucher aux tortues, désormais. Il fallait laisser ce soin aux spécialistes qui les capturaient doucement sans leur faire mal, les nourriraient de homard frais, les minatteraient, les dorloteraient et finiraient par prouver au monde que c'était là la cause de la famine des eaux. Mais ils le savaient, eux, les pêcheurs d'eau creuse, que les tortues mangeaient le homard! Ils n'avaient pas besoin d'avoir étudié dans les collèges pour trouver ça! Ce qu'ils savaient aussi, c'est que pendant qu'on donnait le homard aux tortues, les enfants du pays s'en allaient le ventre creux. Et un homme qui voit ses enfants affamés est capable de tout, même le pêcheur paisible de l'est.

— Je veux ouère un enfant de bedas m'arrêter, moi, de prendre les petits et de brosser les femelles.

C'est Basile à Pierre Crochu qui le dit, au centre de sa forge. L'un des garçons à Antoine fit pourtant la grimace.

— C'ti-là qui casse les œufs peut pas s'attendre de peupler son tet à poules.

— Et pourquoi c'est faire de peupler ton tet si tu dounes ensuite tes poules à manger au renard?

— T'as rien qu'à y bailler du plomb sous la tcheu, à ton renard, et il se tiendra clair de ton tet.

Il en parlait à son aise, le jeune homme, et c'était facile à dire. Mais allez-vous-en attraper au fond de cinquante à cent pieds d'eau une tortue d'une demi-tonne! Et puis dénigez-les toutes, et remontez-les à bord, et assommez-les à coups de nigog et de harpon!

— Et pis y a la loi qui avartit de point leu toucher.

Ce mot-là fut de trop. Celui qui le prononça s'en aperçut, mais trop tard : il avait déjà rebondi sur l'enclume et éclaboussé toute la forge.

— Ah! oui? C'est la loi asteur qui va s'en venir dire aux houmes de la Baie de tcheue façon de mort qu'i' leu faut corver? Ça s'adoune…

Ça s'adounait, en effet, que les hommes de la Baie n'étaient point parés pour c'te sorte de mort-là. Non, jamais ils ne céderaient ça au gouvernement. On leur avait tout pris, aux descendants des pionniers. On n'allait tout de même pas leur prendre la mer en plusse. La mer, c'était leur dernier bastion, à ces pauvres hommes des côtes ; qu'on la leur prenne, et ils n'auraient plus où se retrancher.

Alors Polyte se leva, le grand Polyte de six pieds et deux, et il cracha dans le feu.

— Chaque pêcheux sait ce qu'il a à faire, qu'il le prenne sus lui. Pour ce qu'est de Polyte à Jude au petit Bossu, il prend sus lui de garder tout ce qui viendra se pogner dans ses trappes. Et malheur à l'inspecteux du gouvernement qui se fourrera le nez dedans.

Le descendant du Bossu sortit alors de sa poche de fesse une bouteille de petit-blanc et la renifla lentement. Puis le goulot fit le tour de l'enclume. Quand les hommes quittèrent la forge, au clair d'étoile, ils avaient perdu de l'aplomb, mais retrouvé leur gaieté.

Au même moment, Mariaagélas sortait de chez le grand Vital. Le temps de la prohibition achevait, c'était à peu près décidé. Il n'y avait plus de temps à perdre. Qu'adviendrait-il du trafic des goélettes quand le gouvernement ouvrirait ses commissions des liqueurs ? Il fallait frapper un bon coup tout de suite. Mais la vigilance du Ferdinand avait redoublé. Pas fou, le douanier. Et puis, les goélettes, c'était son boulot, encore plus que les tortues. Mariaagélas avait tout préparé chez le Vital. Dans quelques jours, les trois goélettes signaleraient leur présence au large, en amont de la dune. Elle était prête et savait ce qu'elle avait à faire.

Une phrase du patron la laissa pourtant butée, la Maria. Elle ne dit rien, mais se renfrogna. Le grand Vital aurait-il laissé le fond de son cœur parler tout haut? Et ce fond de son cœur était-il aussi noir que certains ont voulu le faire croire au pays, plus tard?

En quittant la maison du chef contrebandier, Maria-agélas prit le sentier du petit barachois. Elle y trouva Bidoche que son emprisonnement du temps de Noël n'avait pas découragé de pêcher l'anguille au fanal. Il était toujours là, Bidoche, au pied du phare, comme le capitaine d'un bateau enfoui dans le sable et dont il ne resterait que la cheminée.

Mariaagélas s'accroupit en sauvage à côté de lui.

— La mer finit pas de clairdiller, de souère, qu'elle dit. Quoi c'est que ça annonce?

Bidoche ne savait pas, mais il trouvait ça beau.

— À quoi c'est que tu jongles, des veillées durant seul avec tes anguilles?

— Avant je jonglais à rien. Ben asteur, depuis c'te autoune, je jongle des fois à mon défunt pére.

Puis Bidoche se frotta les pieds les uns contre les autres, comme s'il eut honte d'en avoir tant dit.

— T'as pus besoin de jongler à ton pére, Bidoche. C'te fois-citte il est ben mort, et pis il reviendra pus.

— Qui c'est qui te l'a dit?

— Bah! tu sais qu'y a des affaires que je finissons par apprendre par les petits.

Mais comme Bidoche avait l'air d'en douter, elle ajouta sur un ton résolu:

— Je vas te le dire, ben tu le garderas pour toi.

Et elle raconta à Bidoche une longue histoire de revenants et de loups-garous qui se terminait par :

— ... et pis le passant a dit : «Le vieux Bidoche a enfin trouvé le repos dans l'autre monde et s'en reviendra pus jamais bodrer parsoune dans ce monde icitte.» Et pis le passant a disparu à son tour et n'est pas revenu, lui non plus, bodrer parsoune.

Bidoche trouva l'histoire si touchante qu'il osait à peine croire qu'elle pouvait être celle de son père. Il regarda timidement du côté de Maria et bégaya :

— Y en a qui content que la fin du monde est proche, par rapport que des tortues dévoront la mer et que les étouèles filont moins vite que d'accoutume.

— Faut pas crouère toutes les histouères que les vieilles femmes mâchounont entre leux brèches, Bidoche. La vie passera toujou' vite assez.

Bidoche ne demandait rien de mieux que de se fier à Maria. Il se sentit rassuré.

— Coume ça, la croix que j'ai trouvée sus le bôrd de la côte... c'est point un mort non plus, qu'il dit.

— Quelle croix ?

— Ben j'sais pas... une croix en croix, échouée dans l'harbe à outarde.

— Heh ! fit Maria sceptique, et qui c'est qu'a dit que ça annonçait la mort ?

— Ma mére, fit Bidoche, les yeux ronds et vides.

La figure de Maria se figea. Elle entendit de loin les paroles de Sarah, la tireuse de cartes, qui résonnaient entre les collines et la mer : «Prends garde, Mariaagélas, laisse-les pas faire, si tu peux empêcher ça... laisse-les pas faire... laisse-les pas faire...»

Elle donna un coup de pied dans le sable et s'enfuit.

CHAPITRE XXIX

C'était le 15 août, la fête du pays. La veuve à Calixte menait la procession. On pria pour les vieillards, les malades, les infirmes, les pécheurs, les vivants et les morts. On pria aussi pour les récoltes et la pêche. Quelques dévotes enfilèrent des intentions particulières que le curé bénit et que la veuve à Calixte commenta dans son for intérieur. Puis la procession mit le cap sur le quai où l'attendaient les pêcheurs, le suroît sur le front.

La bénédiction des bateaux était une tradition au pays des dunes descendue tout droit de l'Arche de Noé. Comme c'est à la tour de Babel que les Anglais avaient cessé de parler comme tout le monde et avaient inventé ce baragouin pour eux tout seuls. On avait conservé comme ça des temps bibliques toutes sortes de croyances et de coutumes qu'on revivait fidèlement au moment propice. C'est ainsi que la baleine, à cause de Jonas, avait un caractère sacré ; et que le serpent... oh ! celui-là, on se souvenait de lui. Quant aux bateaux, ils remontaient à l'Arche, c'était sans réplique. Et à l'instar de Noé, le prêtre, une fois l'an, les bénissait dans une splendide cérémonie qui faisait danser la mer et les dunes, et les gens aussi, à la veillée.

La danse était défendue, à cause du péché. Mais le 15 août, c'était une fête religieuse, nationale, patriotique… un mélange de spirituel et de temporel où Évangéline et la Vierge Marie se donnaient la main. Pour toutes ces raisons, l'Église était indulgente et le peuple audacieux. Et l'on dansait sur le sable ou sous la feuillée. Le dimanche suivant, le prêtre faisait un gros prône où il fustigeait les fils désobéissants de leur mère la Sainte Église. Mais c'était par acquit de conscience et pour se faire pardonner sa complaisance ; personne ne s'en formalisait.

Sauf la veuve. Depuis la mort de feu son Calixte, elle n'avait plus de partenaire et vociférait contre le péché des fêtes. Cette année-là plus que jamais, son bras en faux l'empêchant même de se joindre à la ronde. « Changez de partenaire… tout le monde danse… Salut, mesdames, salut, messieurs… swing ta bottine dans le fond de la boîte à bois ; swing-les pas trop fort, tu y f'ras mal dans le corps. »

Si ça du bon sens asteur des cris pareils, pensait la veuve ; pire que des animaux. Ça se tortille, et ça fortille, et ça gigote… Si y a point de péché là-dessous…

À ce moment-là, Basile, un peu gris, vint inviter la veuve à swinger sa bottine. Elle n'eut pas le temps de protester, la belle, qu'elle tourbillonnait déjà dans les bras du pêcheur-forgeron aux cris endiablés de la foule qui se tapait dans les mains, et accordait du pied, et turlutait le reel de Sainte-Anne. La veuve voyait la dune arrondie comme un croissant, et la mer envelopper le village au centre duquel se dressait un pont tout croche qui liait le nord au sû. Le pays n'était plus qu'une grande cuve où se brassaient le Lac-à-Mélasse, l'Étang-des-Michaud, les deux rivières, et les anses qui dégageaient une odeur de flacatoune.

— Tu pues la bière, Basile, hucha la veuve.

Mais sa voix fut aspirée par les vèses et les accordéons qui pompaient l'air salé et frais du mois d'août. Et la veuve arriva face à face avec Mariaagélas qui tournait dans les bras du Boy à Polyte. Les deux femmes eurent juste le temps de se jeter un œil, un œil en fête, qui aurait pu être celui de la réconciliation. Mais on venait d'arrêter les bombardes et les turluteux. Il monta au-dessus des têtes un chuchotement qui couvrit les dernières plaintes du violon. La chaîne se rompit pour laisser entrer dans le cercle l'un des garçons à Majorique qui annonça :

— Les officiers sont dans les caves : ils avont tout pogné.

Tout, en effet : le petit homard, les femelles, la bière, le whisky blanc, tout avait été raflé par les douaniers et les officiers de pêche dans une vaste opération combinée, en pleine fête ! La loi s'était vengée et avait pris Évangéline et l'Assomption à la gorge. On les avait eus, les pêcheurs et les contrebandiers des côtes. Tous ensemble, dans un même coup de filet, pendant qu'ils dansaient sur le sable et les cailloux, bras dessus bras dessous. Ça, ni Basile, ni Polyte, ni Gélas, ni le grand Vital ne le pardonneraient.

— Malheur au Ferdinand !

Qui avait dit ça? On ne le sut jamais, mais on avait entendu la phrase, claire comme de l'eau de roche, rouler sur les coquillages. Le douanier ferait mieux de prendre garde à lui.

Mariaagélas quitta la dune et prit par les terres. Elle arriva tout essoufflée chez la veuve Bidoche. La sorcière la fit asseoir et lui offrit du thé.

— Lis-tu la tasse, itou, Sarah?

— Je peux, mais c'est pus la peine.

Que voulait dire la Bidoche? Était-il trop tard? Les jeux étaient donc faits? Dans mon pays, les gens sont braves devant la misère et le danger; mais devant le destin…

— Dis pas ça, Sarah.

Sarah se tut. Mais bientôt Mariaagélas la relança. Alors la cartomancienne s'approcha de la tasse de Marie et causa, longuement.

…Les temps avaient été durs pour les pêcheurs et les habitants des côtes. Quasiment depuis les débuts. À l'époque de la vache-marine, on chassait sur les échoueries où les bêtes venaient mettre bas. C'était risqué. Presquement autant que de poursuivre le loup-marin sur les glaces au printemps. Ils s'enfournaient par milliers dans les bras de mer et les baies. Les chasseurs les suivaient d'un glaçon à l'autre. Quand le fossé s'élargissait entre les glaces, le phoque plongeait; mais l'homme, lui, devait sauter au risque de sa vie. Le premier cimetière de la Baie, près du cap, avait gardé plusieurs croix de ces chasseurs de phoques et de vaches-marines.

Mariaagélas aurait voulu connaître l'avenir, mais n'osa pas interrompre la voyante.

…La vache-marine avait disparu des côtes et le phoque s'était fait rare. Alors le gouvernement avait créé des lois pour protéger les bêtes. Les hommes avaient dû se rabattre sur le hareng et la morue. Ça ne rapportait pas grand-chose. Et Sarah se rappelait du temps où l'on avait surnommé le pays «la province à morues». C'était un petit brin comme appeler une femme une «sargailloune». Ben faut dire que les côtes avaient à l'époque pas mal l'allure «sargailloune». Ça duré jusqu'aux huîtres et au homard. Puis tiens! là on a vraiment cru que c'était le Pérou. Oh! pas tout à fait les mines d'or, mais l'espoir d'attraper les deux bouts. On parlait des huîtres de la Baie jusque sur les côtes du Pacifique. Et le homard se vendait aux États.

— Eh ben v'là que le gouvernement s'en mêle encore une fois. Il commence par déclairer les huîtres poisontes…

— …Pis il baille le houmard aux tortues, enfila Maria.

La Bidoche leva la tête de la tasse:

— Les tortues, c'est point le gouvernement qui nous les envoyent.

Mariaagélas jeta un œil à ses feuilles de thé et crut discerner au fond de la tasse des collines, des rivières, et des dunes. Puis entre les feuilles, des personnes surgirent par petits groupes. Çà et là, quelques taches sombres se tenaient à l'écart.

— La veuve à Calixte est-i' là-dedans, Sarah?

— Tout le monde est là-dedans.

— Vital?

— Droit icitte.

— Et Basile à Pierre?

— Caché là.

— ...Et la fille à Gélas, où c'est qu'a' se tient?

— La fille à Gélas peut répondre ça tout seule. Je ouas point qu'elle ait besoin des cartes ni des feuilles de thé pour connaître le fond de son cœur.

Maria regarda la sorcière d'un drôle d'air. Puis se frappant la poitrine, elle dit :

— Tu sais ben, Sarah Bidoche, qu'une parsoune a jamais vu ce qui se cache là-dedans, à moins de saouère rouvri l'estoumac.

La veuve Bidoche ne répondit pas. Mais elle ramassa la tasse de Mariaagélas et la passa sous la pompe. Dans un jet d'eau, toutes les feuilles tombèrent dans le seau. La tasse ne gardait plus aucune trace de rien.

La contrebandière se leva. Rendue à la porte, elle entendit la vieille Bidoche lui répéter :

— Prends garde, Mariaagélas! si tu peux, essaye d'empêcher ça...

Ferdinand n'avait pas paru à la fête. C'était la première fois. Tous les 15 août, auparavant, c'était lui qui câlait la danse et chantait la complainte. Une vieille complainte qu'avait composée son défunt père sur la mort d'un jeune pêcheur de morues au large de la dune. Tous les ans, Ferdinand chantait la geste du noyé qui faisait pleurer les femmes. Il avait une belle voix, Ferdinand, même à son âge, et savait la faire trembler.

...Cette année des grands événements, c'est Polyte qui câla la danse; mais personne ne chanta la complainte.

Quand Ferdinand rentra chez lui, assez tard dans la nuit, il aperçut un petit papier cloué à son clayon. Il ne reconnut pas l'écriture, mais quelqu'un l'avertissait de ne pas sortir en mer le lendemain.

Il bouchonna l'avertissement et l'enfonça dans sa poche de veste.

CHAPITRE XXX

Bidoche restait là, à genoux, les bras serrant son ventre pour retenir la crampe qui menaçait à tout instant de lui déchirer les tripes. Au-dessus de sa tête, un bourdonnement, des sons de voix venus d'un autre monde, celui des vivants. Il n'avait plus rien à faire avec ce monde-là, Bidoche, vraiment trop grand et trop dur pour lui. Il avait enfin trouvé son rôle, sa fonction de Bidoche : comme un saule pleureur penché sur une fosse, il garderait le corps tout le temps, tout le temps que pouvait durer la mort d'un homme.

Les voix se firent de plus en plus fortes, insistantes, elles disaient à Bidoche de se pousser de là, de faire de la place.

— Laissez passer les officiers !

Il ne laisserait rien passer du tout, il garderait le mort tout seul, lui, Bidoche. Faudrait qu'on le mette en morceaux, qu'on l'arrache de force.

On l'arracha de force pour laisser passer les officiers, en attendant la gendarmerie royale, les officiers de pêche, pour constater le décès et identifier le corps. Ferdinand.

C'était Bidoche qui l'avait trouvé. Il pêchait les coques à la pioche, au bout de la dune, Bidoche, comme d'accoutume. Tout seul sur le sable. Puis il avait trouvé le corps. Tout simplement. Comme on trouve parfois une étoile de mer entre les crabes.

La première sur les lieux après Bidoche fut la veuve à Calixte. Ferdinand lui-même avait toujours dit de la veuve qu'elle avait le nez long. Elle avait d'abord crié au meurtre, pensant le Ferdinand noyé. Plus tard, quand elle devait apprendre la vérité, elle ne devait plus crier, la veuve à Calixte.

Le village s'entassa très vite sur la dune, les cris de la veuve ayant pris le nordet et entortillé les collines. On descendit du lac, du ruisseau, des pointes, des deux rivières et du potage. L'embouchure de la dune s'engorgea.

— Laissez passer les officiers!

Ils avaient télégraphié tout de suite aux gendarmes, les officiers de pêche. Ferdinand avait été douanier, son cas relevait d'en haut. Ils tournèrent cependant le corps sur le dos, à la demande du curé. Et c'est lui, le curé, qui vit le premier sur le front blanc de Ferdinand, au-dessus de l'œil gauche, le petit trou bleu qui ne saignait déjà plus.

Le pied de Ferdinand avait traîné son boulet jusqu'à la côte : un petit pavillon rouge planté sur un socle de liège. La corde s'était enroulée à son pied et Ferdinand avait traîné la bouée avec lui. Aussi longtemps que le corps n'avait pas bougé, le drapeau avait flotté inaperçu, à fleur d'eau. Mais le curé avait exigé de faire ses croix sur la bouche, sur les yeux, sur le front... C'est alors que le premier cercle de la paroisse avait vu le petit trou bleu au-dessus de l'œil.

Tous les cercles étaient montés les uns sur les autres et penchés sur le corps, comme un fruit à multiples pelures sur un noyau. Et l'on ne vit pas le minuscule voilier rouge à coque de liège qu'un enfant menait dans les tempêtes d'écume.

Soudain Basile à Pierre sentit ses pieds creuser dans le sable, et son front se mouiller : là, attaché au pied de Ferdinand, un voilier rouge, coursier n° 7. L'enfant était tout près avec son bateau. Mais Basile était coincé entre Boy et l'un des garçons à Thaddée, en face de la veuve à Calixte qui l'épiait déjà et qui fouillait dans ses yeux pour découvrir ce qu'il voyait. Le nord et le sud, tout le pays des côtes allait bientôt voir la bouée que le corps de Ferdinand avait traîné depuis les trappes jusqu'à la côte.

...Et la veuve cria :

— La boueye au grand Polyte !

Basile n'avait pas pu l'éviter. Ça s'était fait trop vite. Trop d'événements d'un coup. Il n'avait rien pu pour personne : Ferdinand, Polyte... On accuserait Polyte. Comment l'amarre de la bouée avait-elle pu aussi s'enrouler sur la cheville du Ferdinand ? Quelqu'un l'avait-elle amarrée exprès ? Alors qui ?

Il jeta un œil du côté des Gélas, Basile, et vit qu'il y manquait la Maria. Clara était là, la revenante, et Gélas, et sa femme Arzélie. Toute la ramée des genses du sû. Le cercle s'était dénoué autour du cadavre et se refermait sur la bouée rouge. Chacun contemplait en silence le pavillon numéro 7 que l'enfant avait lâché, de peur.

Puis Basile vit arriver le grand Vital, flanqué de Casse-cou. Il ne regarda pas Ferdinand, Vital, mais les genses du nord, et la bouée rouge des Polyte à Jude qui jouait avec les cailloux.

Le nord et le sud se toisèrent avec un mélange de rage, de peur et d'interrogation. C'était qui?

— La tortue!

Qui avait crié? La vieille Bidoche? Elle s'en venait dans le foin salé de la dune en supportant la jeune femme de Ferdinand qui ne pleurait pas.

Le vieux Ferdinand avait épousé en secondes noces une très jeune fille des terres et ç'avait fait parler. Personne n'avait rien contre les terres, mais la nouvelle épouse avait le tiers de l'âge de son homme, et prenait le ménage d'une défunte que les côtes avaient connue et respectée. Puis elle portait les cheveux assez courts et se fardait. Elle ne s'était jamais jointe au cercle des crocheteuses, la jeune femme du douanier, et les crocheteuses la crochetaient souvent dans leurs tapis. Aujourd'hui, sur la dune, les femmes regardaient la nouvelle veuve se traîner au bras de la Bidoche, et se taisaient. Elle n'avait plus ni vagues dans les cheveux, ni rouge sur les joues, ni l'air hautain et fermé des terres d'en haut du champ. C'était une petite femme de vingt ans qui se serrait le ventre où grouillait son premier orphelin.

À l'arrivée des agents de la gendarmerie royale, la vieille Crochu se pencha sur la jeune femme de Ferdinand et lui parla tout bas. Puis aidée de la Bidoche, elle l'entraîna hors du cercle, entre les deux murs que formait la foule compacte des pêcheurs du nord et des contrebandiers du sud. Les murs s'écartèrent pour laisser passer les trois femmes qui écrasaient sous leurs pieds les coquilles mortes. Puis de nouveau l'on entendit mentionner le nom de la tortue.

On avait toujours su au pays que l'apparition soudaine et imprévue d'une bête monstrueuse ne pouvait rien apporter de bon. La tortue d'une demi-tonne, vieille d'un siècle, et mangeuse de homards, s'en venait confirmer la croyance populaire. C'est elle qu'il fallait accuser de la mort de Ferdinand.

— La tortue et pis tous les autres survenants.

Et les regards louchèrent vers le sû du côté de Claraagélas.

Que leur avait-elle fait, la fille à Louis à Paul à Gélas, pour qu'on lui impute ce péché-là ?... Depuis quinze ans qu'elle n'avait pas mangé à leur table ; qu'elle ne s'était pas baignée dans leurs eaux ; qu'elle n'avait pas fortillé dans leurs affaires, la Claraagélas ! Mais elle était revenue comme un revenant, au moment qu'il ne fallait pas. En même temps que la tortue. En même temps que l'orage, que la misère, juste avant la mort de Ferdinand.

Elle ne broncha pas, Claraagélas. Ni personne du clan des Gélas. Alors la veuve à Calixte leva le bras pour prendre le ciel à témoin... mais son bras resta courbé au-dessus de sa tête.

— Va-t-en faucher ton chiendent dans ton jardin, la veuve du nôrd, lui cria Gélas en crachant dans le nordet.

— Et toi, Gélas du sû, râcle tes fonds de pontchines, lui répliqua la veuve, tu pourras y ragorner toutes les graines de tes aïeux.

Les deux murs se durcirent et se rapprochèrent à se toucher. Mais ils durent s'écarter de nouveau pour laisser passer le corps de Ferdinand que les agents et les officiers de pêche prenaient sur leurs épaules. C'est alors qu'un policier aperçut le bouchon de papier dans la poche de veste du noyé.

La procession se referma derrière le corps.

Là-haut, dans le foin, Mariaagélas s'arrêta devant le cortège : Ferdinand, les porteurs, le village du nord et celui du sû marchant côte à côte, et là-bas, seul, accroupi dans le sable du bout de la dune, Bidoche qui geignait.

CHAPITRE XXXI

Il est venu un juge, des magistrats et des greffiers au pays des dunes. Et on a accusé Polyte. Le procès a duré tout le mois de septembre. On avait contre Polyte cette bouée rouge nº 7, celle que la mer avait amarrée à la cheville de Ferdinand.

— Ben oui, c'est la mer qui l'a amarrée, pas parsoune d'autre.

— Heh! pas parsoune d'autre. Si c'est la mer, elle vous a fait de la boune ouvrage pour une garce qui nous tue nos houmes.

— Quoi c'est que tu veux dire par là, la veuve?

Mais il le savait bien, Gélas, ce que voulait dire la veuve par là. Elle avait toujours su parler clairement, la veuve à Calixte, même entre ses dents. Si ce n'était pas la mer, qui avait amarré la bouée nº 7?

Le juge a demandé le silence et chacun a rentré ses poings.

C'est vers l'heure du midi que le Bidoche avait trouvé le corps entre l'écume et le goémon; et vers deux heures que les hommes de l'anse avaient vu dériver le bateau abandonné entre les basses. On fit témoigner ceux de l'anse, mais on ne réussit pas à traîner Bidoche au barreau.

— Laissez-le tranquille, l'innocent. Il a trouvé le corps en pêchant ses mouques: y a point besoin de magistrats pour prouver ça.

Mais le juge imposa de nouveau le silence.

Le prêtre avait donné les derniers sacrements, sous condition; le docteur avait constaté le décès; et les agents de la Gendarmerie Royale, avec les officiers de pêche, avaient fait leur rapport: un long rapport qu'on lut au juge et que commenta la veuve à Calixte.

…Si c'était une balle de vingt-deux qu'on avait dénigée dans le front du corps, fallit commencer par trouver le vingt-deux. Ben ça s'adounait qu'au pays, y avait plus qu'un vingt-deux, et plus qu'un chasseux capable de mirer, ça s'adounait. Au sû surtout. De l'autre bord du pont. C'est là qu'ils se tenaient, les chasseux, pis les jackeux, pis les bootleggeux…

Le juge menaça de faire évacuer la salle, et la veuve se tut.

Les pêcheurs avaient levé l'ancre à quatre heures, ce matin-là comme d'accoutume. Chacun s'en était allé à ses trappes, sans détours. Même que Basile avait suivi Polyte à moins de cent pieds et une fois lui avait signalé la présence des dauphins qui dansaient pas loin d'eux.

La vieille Bidoche fit alors remarquer que la danse des dauphins pouvait ressembler à un avertissement. Ils dansent la mort, les dauphins, autant que la noce, qu'elle leur dit. Et Gélas ajouta que cet avertissement aurait bien dû faire comprendre aux pêcheux du nord…

Mais Basile ne laissa pas continuer Gélas.

— Y avait point une couple de goélettes itou sus l'eau, c'te matin-là?

La cour en discuta des goélettes, le moment venu. C'était même à cause d'elles que Ferdinand était sorti en mer cette nuit de la mi-août. Il avait pu les rejoindre vers les quatre ou cinq heures du matin, à quelques milles au large de la dune. Mais à quatre ou cinq heures, les pêcheurs atteignaient déjà la haute mer. À l'heure de la balle de vingt-deux, tout le monde était en mer, le nord comme le sud, en chaloupe, en doré, ou en goélette.

C'était malaisé à savoir.

— Et la boueye, quoi c'est que vous en faisez?

Ça aussi, c'était malaisé à dire. Si c'était la mer qui l'avait amarrée, c'est que le Ferdinand était tombé dans les trappes à Polyte. Et si c'était point la mer… qui c'est d'autre que ceuses-là du sû auraient eu avantage à accuser les pêcheux? La veuve à Calixte entreprit encore une fois de prouver que la houle ne pouvait toujou' ben pas, sans aide de parsoune, faire un nouque de matelot avec une amarre de boueye. Mais le juge lui laissa entendre que sur cette question la cour demanderait l'avis des experts.

Les experts offrirent un avis assez flou, se bornant à constater que le nœud était effectivement un nœud coulant, mais qu'on avait déjà trouvé des algues nouées de cette manière et que, par conséquent… En fait, ces experts étaient deux officiers de pêche bien connus de tout le pays; et personne ne crut à leur compétence en matière de nœud de matelot. Là-dessus, le nord et le sud s'entendirent très bien, et Gélas hocha la tête du côté de Basile qui lui répondit aussitôt sur le même ton.

L'expert en écriture n'eut pas plus de succès que ceux des nœuds coulants. Il s'agissait de retracer l'auteur du petit billet retrouvé dans la poche de veste de Ferdinand et qui l'avertissait de ne pas sortir en mer le lendemain. Le juge avait cru ici à une tâche facile, étant assuré que peu de gens des côtes savaient écrire. Mais les gens des côtes n'aiment pas qu'on les méprise. Et s'ils ne savent pas écrire, ils savent se défendre. Ce fut Basile cette fois qui lança un œil à Gélas qui répondit, de connivence. La cour comprit que la salle ne parlerait pas.

Elle ne dénonça pas l'auteur de l'avertissement, la salle, ni celui du nœud de matelot. Au contraire, à partir du moment où ils comprirent que la cour ne cherchait plus à venger Ferdinand mais à faire triompher la justice, les gens des côtes se mirent d'accord pour brouiller les pistes et mêler les cartes. On ne savait plus à qui appartenait les bouées, les trappes, les dorés; ni qui suivait Polyte dans le sillon de la mer; ni où se trouvait la goélette à cinq heures. On ne savait même plus la longueur d'une brasse, ni la profondeur de la baie. On ne savait plus rien du tout, le long des côtes.

Et c'est ainsi qu'on sauva Polyte.

Hors de la cour, cependant, le véritable procès se déroulait. Il se déroulait, par les collines et les rivières, le long des portages, dans les forges. On n'aurait pas laissé pendre un homme du pays, un pêcheur ou un contrebandier, au nom de la justice ou de la loi. Mais entre soi, entre les quatre murs de son horizon, on aurait bien voulu connaître le fond de l'histoire et venger Ferdinand.

…Il avait longtemps été l'âme des côtes, Ferdinand, avant d'en être le contrôleur officiel. C'était cette investiture qui l'avait tué, bien avant la carabine. Pourquoi aussi se faire douanier, quand on est déjà patriarche, et mage, et arbitre des champs et clôtures? Il avait bien besoin, le Ferdinand, de se ranger du côté de la loi. Eh bien, que la loi le venge maintenant!… Mais au fond d'eux-mêmes, les hommes des forges ne voulaient pas abandonner aux gens de la loi le Ferdinand, même mort. S'il fallait une enquête, c'était à eux de la poursuivre, sans juges, ni magistrats.

Elle devait durer plus de trente ans, leur enquête. Car au pays des côtes, on s'interroge encore, quand les marées hautes crachent leur goémon le long des dunes, sur le véritable meurtrier de Ferdinand. Il s'en trouve même pour prétendre qu'il n'y eut jamais de meurtrier de Ferdinand, mais un accident.

— Quelqu'un a simplement voulu l'avertir de point déranger la mer, soutenait la vieille Crochu au lendemain des événements; mais il a point compris, le Ferdinand, et s'a approché trop proche. C'est comme ça que la balle d'avartissement l'a fessé. A' y était point destinée, c'te balle-là; et c'est par accident qu'il l'a reçue entre les yeux.

C'est peut-être l'argument qui a prévalu en cour. On sait seulement qu'à la fin septembre, la poursuite abandonnait la cause, faute de preuves.

Un jour pourtant que Basile réparait ses trappes au bord du quai, il aperçut au loin Mariaagélas qui ramassait des huîtres en eau basse. Quand il la vit à portée de voix, le pêcheur s'enquit du grand Vital qui ne se montrait plus au village depuis quelque temps.

— Il est parti aux États ouère ses frères.

Basile à Pierre ricana. Mais Maria ne se laissa pas ébranler. Elle posa son panier sur une trappe et dit en contemplant la mer :

— Apparence qu'ils avont trouvé plusieurs boueyes rouges au large qui flottiont à la dérive. Y a sûrement tcheque chouse qu'a timbé dans les câbles et qui les a cassés.

— Ou ben tchequ'un, riposta Basile, qu'a venu forter dans les trappes la nuit.

— C'te nuit-là, y avait rien que des pêcheux à bord, qu'i' contont, reprit Maria.

— Ils m'avont conté à moi qu'y arait eu itou une goélette qu'arait jeté l'ancre pas ben loin de la dune ; a' devait espérer tcheque chouse ou tchequ'un, qu'i' contont.

— Ils contont que c'était point une goélette, corrigea Maria, ben un *cutter* ; ils me l'avont conté à moi.

— Un *cutter* du gouvernement ?

— Ouais, par rapport qu'ils soupçonniont sartains pêcheux d'apporter des fusils à bord pour chasser le canard entre les pêches.

Basile se retourna brusquement vers Mariaagélas et la vit qui griffonnait nonchalamment du bout de l'orteil dans le sable. Un instant, leurs yeux se croisèrent.

— Tu sais écrire, Maria ?

Mariaagélas regarda la mer et ne dit rien.

Et Basile comprit qu'il était mieux de ne rien dire non plus.

CHAPITRE XXXII

À deux heures du matin, la vieille Crochu vint cogner chez la veuve Bidoche.

— Lève-toi, Sarah, c'est le temps.

Et les deux femmes s'enveloppèrent dans leurs châles et partirent vers les collines.

On était passé le mois des métives et la mer était déjà grosse. La lune aussi était pleine. La vie reprenait le long des côtes. Bientôt faudrait terrasser les maisons et rentrer le bois pour l'hiver.

Et les deux femmes se faufilèrent chez Ferdinand par la porte d'en arrière.

Au petit jour, la veuve à Calixte portait déjà la nouvelle au village : à quatre heures, cette nuit-là, la jeune veuve à Ferdinand avait mis au monde une grosse paire de bessons.

— Des bessons, t'as qu'à ouère !

Ben oui, deux garçons au Ferdinand, qu'elle lui avait donnés, sa veuve. Mais Ferdinand n'en saurait jamais rien. Et le village pleura cette double naissance comme un enterrement.

…Quoi c'est qu'elle allait faire, la jeune femme, avec deux marmots sur les bras et rien pour les nourrir? Comment c'est qu'une pauvre fille du fond des terres allait pouvoir élever toute seule deux garçons à la fois? Ça faisait-i' point compassion! Et dire que c'étaient les fils du Ferdinand, le Ferdinand qu'ils avaient tous connu, et respecté, et…

Basile vint le premier chez la jeune veuve pour lui offrir des vœux qu'il ne savait pas formuler. Il aurait tant voulu serrer la main du vieillard, ce matin-là, et lui dire en lui tapant dans le dos: «Ça t'a pris du temps, Fardinand, ben c'était point du temps pardu!» Et Ferdinand lui aurait répondu: «Y en a qui faisont les choses par les petits, et d'autres d'un seul coup.»

Il poussa la porte de son pied et entra à la grange. Il y trouva Polyte et Gélas, assis côte à côte sur les menoires d'une charrette, et qui jonglaient. Les deux hommes levèrent les yeux sur Basile et ne dirent rien. C'est alors que le forgeron du nord fit le tour de l'aire, du fenil, de l'étable. Et il comprit. Il dénicha sous le foin ou derrière les planches, des tonneaux de vin et des barils d'huîtres que le douanier y avait camouflés.

…Mais alors, pourquoi l'avoir tué puisqu'il était de leur bord?

Et Basile à Pierre rejoignit Gélas et Polyte sur les menoires de la charrette.

On organisa une collecte, au pays, pour la veuve et les jumeaux de Ferdinand. Le curé fournit le soubassement de l'église et le village fournit le reste: les poutines, le fricot, les beignes, les tartes à la mélasse et à la ci-trouille, et les joueurs de bingo.

— Achetez vos cartes, criait la veuve à Calixte, c'est pour une boune œuvre de miséricorde spirituelle et corporelle. C'est le bingo des bessons.

Au dire de la chronique, ce bingo des bessons ramassa plus de monde et d'argent qu'aucun pique-nique dans aucune paroisse du long des côtes. C'était Ferdinand, ce jour-là, qui mangeait le fricot, et les poutines râpées, et la tarte à la citrouille ; c'était Ferdinand qui dansait et jouait de la bombarde. Il était tellement de la fête, le Ferdinand, qu'il aurait crié soudain « B-8 » que quelqu'un lui aurait répondu « bingo ! »

La veuve à Calixte se leva tout d'un bond, comme un ressort : elle avait flairé un intrus dans l'entrée. C'était Claraagélas qui s'en venait jouer sa carte de bingo et manger sa part de poutines. Clara la forlaque et la pros-crite. Et la veuve se planta en face d'elle et lui demanda ce qu'elle voulait.

— Vivre, lui cracha la fille des Gélas.

La veuve à Calixte fut ébranlée de la réplique, mais se ressaisit aussitôt.

— Y en a qu'avont point eu c'te chance-là, t'as qu'à ouère, et qui mangeont les pissenlits par la racine à l'heure qu'il est.

— Ben laissez les morts enterrer les morts, asteur, et laissez vivre ceusses-là qui sont en vie.

Oh !... une phrase de l'Évangile dans la bouche d'une fille de même ! La veuve en suffoqua.

— C'est pas ta place icitte dans un lieu sacré, qu'elle lui dit ; sors tandis qu'il est encore temps.

Claraagélas avait voyagé et rencontré toutes sortes de monde dans sa vie. Elle avait connu des patrons d'usines, des hommes de bande, des geôliers. Elle avait appris à parer les coups et à les rendre. La veuve n'eut pas le temps de la voir venir. D'un seul geste des hanches, elle s'était cabrée, la Clara, et assenait sur la mâchoire de la sainte femme d'église le plus formidable coup que le village eut connu depuis le poing dans l'œil que sa nièce Maria avait administré à la maîtresse d'école, un an plus tôt.

Toute la salle rebondit aux hurlements de la veuve et les fèves de bingo revolèrent entre les tables. On se retourna pour voir, dans l'embrasure de la porte, la veuve à Calixte qui pliait l'échine sous les coups que Clara-agélas faisait pleuvoir avec une rage accumulée depuis deux siècles. Quand Maria comprit la chance qui lui était offerte, elle vola au secours de sa tante. Et alors la paroisse put assister, en sifflant et se tapant dans les mains, au plus beau spectacle de lutte qu'il lui fut donné de voir en cette année des grands événements. En quelques minutes, elle payait pour le revenant, la commère du nord, et pour le bœu' de garde, et pour les hardes de sœur; elle payait pour sa grand' langue et pour son cœur étroit. Et pendant que les deux Gélas lui vargeaient sur les reins, c'est tout le pays des côtes qui se vengeait.

Mais soudain, la vieille Crochu comprit ce qui se passait; elle mobilisa aussitôt Polyte et Basile et les lança dans la mêlée.

— Arrête-les tout de suite. Je sons dans l'église icitte.

Les hommes ne s'en tirèrent pas sans dommage, mais ils eurent finalement le dessus, et ramenèrent l'ordre. Quelle splendide échauffourée! Si seulement on n'avait pas été dans une église…

On reprit le bingo, mais les doigts étaient nerveux et les esprits tendus. Basile à Pierre se dit que c'était le moment ou jamais au village de tenter sa dernière chance. Et dans un geste qui renversa sa chaise, il grimpa sur une table et s'adressa à tout le monde.

…Il leur dit à tous qu'un homme était mort au pays parce qu'on n'avait pas su s'entendre; parce que le nord et le sud se mangeaient les uns les autres; parce qu'au moindre vent contraire, on se sautait sur l'échine au lieu de s'unir pour faire face à l'adversité et se sortir ensemble de la misère.

— Et voilà que de souère encore, en plein bingo des bessons, au lieu de réparer le tort que je leur avons fait, avant même qu'ils veniont au monde, je nous pognons aux cheveux et je nous grafignons la face. Quoi c'est que vous pensez qu'i' penserait de nous autres, Fardinand?

Le nom du douanier resta pris dans la gorge de Basile comme une bouchée de pain sec. Il n'avait pas l'habitude des discours, le forgeron de la demi-forge des Allain, et le silence qui suivit le gêna. Il descendit de sa table et se rassit.

Le lendemain du bingo des bessons, comme Basile s'approchait de chez la veuve du Ferdinand pour lui porter les fruits de la collecte, il vit le grand Vital dévaler la colline.

— Tiens! qu'il se dit, le bootlegger a été lui itou faire sa petite visite à la veuve. Ça serait-i' ben que…

On ne sut jamais si c'était ça ou non. Plusieurs ont prétendu le long des côtes que depuis ce jour-là la veuve de Ferdinand ne manqua jamais de rien et que le grand Vital avait dû lui laisser une jolie somme.

— Ça serait-i' ben que le Vital, il arait des remords? se demanda Basile à Pierre en le regardant redescendre vers le village.

Et poussant la porte d'un poing ferme, il entra chez le défunt Ferdinand.

CHAPITRE XXXIII

Les marées hautes d'automne envahirent les caves comme d'accoutume. Et la cabane des Gélas une fois de plus fut levée de terre. On s'éveilla un matin les pieds dans l'écume. Alors Gélas réunit encore un coup sa famille pour lui annoncer qu'on mouverait le ménage et les bâtiments quelques roches plus loin. Mais cette fois Maria se rebiffa :

— J'avons-t-i' point flagossé dans l'eau longtemps assez! qu'elle leur dit, la Maria, à tous les Gélas réunis. J'allons-t-i' jouer toute notre vie coume ça avec la mer qui gagne pis la mer qui perd?

Les Gélas regardèrent leur fille avec inquiétude et étonnement. Pourquoi cette résistance tout d'un coup? La horde des Gélas n'avait-elle pas occupé le sû du pont depuis la fondation de la paroisse, deux siècles plus tôt? Et tous les ancêtres pêcheux, bûcherons, forgerons, hommes à tout faire ou à rien faire du tout, n'avaient-ils point habité la maison des Gélas, beau temps, mauvais temps, sans faire d'histoires? Pourquoi cette rebiffade tout d'un coup?

Elle ne répondit pas, la Maria, mais chaussa ses bottes et sortit.

Basile à Pierre transportait de la côte sa dernière brouettée de trappes : la saison du homard était finie. Si ça pouvait s'appeler une saison! Même pas dix livres par pêche. Il prit un raccourci à travers le cimetière, le pêcheur... Encore une couple de mois avant les huîtres et les éperlans. Et on halerait une fois de plus les cabanes sur la glace, Polyte à Jude, et Dan à Majorique, et Philippe à Henri à Bill. On sortirait les cruches de l'eau quand les officiers seraient passés. Parce qu'il en viendrait, des officiers...

Il s'approcha de la fosse de Ferdinand, Basile, et releva le bord de sa saouesse. Il ne restait plus sur sa tombe que de rares feuilles jaunes et rouges : le vent des grandes marées avait quasiment tout balayé. Encore un an ou deux et la terre elle-même serait nivelée. Ferdinand ne serait plus qu'un mort parmi les morts, une croix entre les croix.

Basile entendit crisser les feuilles en arrière de lui. Il se retourna et vit Mariaagélas qui le regardait.

— Veux-tu sa peau même au cimetchére, Maria?

Elle ne répondit pas, mais s'approchant un peu plus, elle jeta une poignée de terre humide sur la tombe.

— Tu te souviens de la fosse ouvarte, Basile, pas loin d'icitte?

Oui, c'était juste là, quelque part. Et c'est Polyte qu'était tombé au fond. Il s'en souvenait, Basile. Tout le village avait eu peur, ce jour-là. Parce qu'on savait, dans ce pays, qu'on ne se moque pas de ce genre d'avertissement. Tout ce qui était arrivé avait été bien prédit.

C'était son destin, au Ferdinand. Il avait eu une longue vie, mais c'était dommage de la finir de même.

— Et ton Vital, quoi c'est qu'i' compte faire asteur que la prohibition est finie?

Mariaagélas se renfrogna. Il pouvait tout entreprendre, le contrebandier, ça ne l'intéressait plus. Il se lancerait sans doute dans les cigarettes, ou les drogues avec ses frères des États. Il pouvait arrêter tout net de trafiquer et vivre aisé. Il avait les reins forts, le grand Vital.

— Un jour, reprit Basile, il se présentera dans le comté et se fera élire; et ça sera peut-être ben les bessons à Fardinand qui voteront pour lui.

— Tout le pays votera pour lui, ajouta la fille des Gélas.

Du cimetière, Maria se dirigea vers les collines, au-delà des ruisseaux, et de la Butte-du-Moulin. Le village grouillait de partout, réparant les quais et terrassant les maisons. Les grandes marées d'automne avaient donné le signal. En haut du champ par chez les Bidoche, les enfants jouaient à l'ours autour d'un muleron de feuilles. Elle avait joué son saoul, Mariaagélas, à l'ours sous les feuilles mortes. L'ours que les enfants réveillent saute sur eux et les dévore, et l'enfant dévoré devient à son tour dévorant. En contemplant de loin son enfance en bas des buttes, Maria comprenait tout à coup le sens de tous ces drames qu'elle avait joués comme tous les autres. Plus tard on les joue pour vrai, et quelqu'un reste enterré à jamais sous les feuilles.

— Maria-à-Gélas!

C'était Sarah Bidoche qui lui huchait du perron de sa cabane. Elle pourrait lui tirer les cartes encore un coup, ou lire sa tasse de thé. Et elle saurait. Mais que lui restait-il à connaître? N'avait-elle pas assez du passé? Maria ne voulut pas cette fois se charger les épaules de l'avenir. Et agitant la main du côté de Sarah, elle poursuivit sa route par en haut. La vieille Bidoche la regarda s'éloigner dans les champs de trèfle et se dit:

— C'telle-là partira, pis c'te fois-citte, erviendra pus.

Les côtes ne s'aperçurent pas tout de suite de la disparition de Mariaagélas. Les pêcheurs rentraient leur trappes et raccommodaient les filets; les bûcherons affilaient leurs haches à la meule; les fermiers achevaient d'engranger, et les fermières d'entasser dans les caves et les greniers. Tout le pays préparait les six mois de glace et de frimas qui changeraient la mer en plaine et les dunes en roulis. Et dans le branle-bas, on n'avait pas vu partir Clara et Mariaagélas.

Bidoche fut le seul à les voir passer, mais il ne comprit pas tout de suite. Il était à son phare, au petit barachois. Le soleil endormait les anguilles qui ne mordaient plus. Il vit deux ombres rouler sur les cailloux et crut que c'était un nuage effiloché. Mais quand le nuage fut passé, il restait des pistes dans le sable. Au loin, les deux femmes portaient leurs baluchons vers le chemin du roi.

Le village dormit comme d'accoutume, cette nuit-là, d'un sommeil chargé des bruits de la mer et des vents du nord. Au petit jour, il se lèverait alerte, fringant, prêt à reprendre la hache ou le harpon; prêt à niveler les buttes, déboiser les bois, assécher les côtes et vider la mer… comme d'accoutume.

ÉPILOGUE

Je suis retournée souvent au pays des côtes, piétinant les dunes, fouillant le sable, fouinant dans les consciences et les souvenirs. Je n'ai rien retrouvé, à peu près. Rien de plus, c'est-à-dire, rien sur la mort de Ferdinand. Pourtant, tout le monde se souvient de lui au pays. Et chaque année, vers le 15 août, quelqu'un fleurit sa tombe au bord du cap. Gélas ? la veuve à Calixte ? Basile à Pierre Crochu ?

Ils sont tous très vieux, les témoins du drame des années '30. Ils ont survécu à la crise, à la guerre, à l'exode vers les villes et les provinces florissantes. Eux sont restés. Chaque automne ils calfeutrent leurs maisons, et leurs bateaux chaque printemps, luttant toujours un peu plus contre les algues envahissantes.

Je me suis promenée bien des fois du Chemin-des-Amoureux au Lac-à-Mélasse, d'une pointe à l'autre, du portage au barachois. Et j'ai vu la baie allonger ses bras de mer insolents et carnassiers qui ébrèchent chaque année un peu plus les terres. Les hommes ne sont pas de taille pour lutter contre ça. Le monde change déjà assez vite comme c'est là, sans que la géographie et la topographie s'en mêlent.

C'est le vieux Basile à Pierre Crochu qui me le dit, à peu près dans ces mots-là. Il accusait la terre, les marées, la nature qui a mal fait le monde. Il n'y aurait pas eu de chicane, ni de mort, si la côte avait été coupée au couteau comme une tranche de pain. Mais il semblait que les baleines avaient mordu dans le rivage à grosses dents. La terre était tout effilochée le long de la mer. Des pointes, des anses, des baies, une dune... ah! la dune! Celle-là, ce qu'elle avait pu en faire de dégâts!

Toute la Baie peut voir la dune qui s'allonge dans la mer comme une sorte de phare. Un phare?... Pouah! Elle qui n'a pas su se garder elle-même, et qui ramassait par pelletées les naufragés, comment vouliez-vous qu'elle gardât la Pointe-à-Jérôme, et la Pointe-à-Jacquot, et la Butte-du-Moulin, et la Rivière-à-Hache, et le Ruisseau-des-Pottes, et le Lac-à-Mélasse... Le Lac-à-Mélasse! C'est de là que le mal était venu. Il y avait eu le revenant, puis la chicane entre le nord et le sud, puis le Ferdinand qu'on avait nommé douanier. Un demi-siècle déjà, quasiment. Et Basile à Pierre, en se rappelant le défunt Ferdinand, avait du coton dans la gorge.

Un jour, j'ai pris le sentier des buttes, et je m'en ai été trouver la vieille Sarah. Elle devait être centenaire, la Bidoche.

— La morue et pis le hareng, ça fait vivre vieux, qu'ils contont.

Ça garde l'esprit alerte, surtout, et vigoureux. Car la tireuse de cartes qui faisait marcher lentement ses doigts entre le trèfle et le carreau n'avait pas perdu son œil de chouette. Elle regardait par-delà les champs et les buttes, loin vers la mer où tant d'événements s'étaient noués et dénoués. Et pour la première fois j'entendis la sorcière prédire le passé. J'écoutais ce vaste répertoire oral qui s'était ballotté toutes ces années de bouche à oreille et qui ce jour-là était venu s'échouer entre les dents ébréchées d'une vieille tireuse de cartes. Les mots du pays sortaient comme de gros bouillons d'une soupe au devant-de-porte, et me racontaient l'histoire des côtes.

— …Coument c'est qu'est mort le Ferdinand ? Allez le saouère ! Y avait trop de pêcheux qui mangiont point leu saoul, dans ce temps-là, et trop de vendeux de biére qui les saouliont. Le monde était pauvre et les marées étiont fortes. Fallit qu'un houme se battit avec la mer autant ben qu'avec la loi. Quand c'est que les temps venont trop durs, une parsoune a quasiment pus le choix. Tu coumences par défendre ton carré de terre, tes trappes pis ta doré ; pis quand c'est que t'es rendu à défendre la peau qui t'abrille les ous… Ah ! c'est malaisé pour les genses des côtes de faire leu vie sans s'enfarger dans c'telle-là des autres.

Puis il y avait eu la veuve à Calixte. Elle n'avait jamais pu digérer les Gélas, la veuve, les Gélas du sû qui se prenaient pour des Caissie pas comme les autres. Des vendeux de biére et des coureux de galipotte ! Elle n'allait pas laisser faire ça. Et elle avait jeté toutes ses cartes et tout son atout dans la lutte épique qui devait dresser l'une contre l'autre la forge du nord et la forge du sû. Elle avait eu raison du revenant du Lac-à-Mélasse, et du bœu' de garde dans le champ des sœurs, et de la Clara et la Mariaagélas.

— Mariaagélas… en v'là une qu'est pus jamais revenue au pays… Jamais. Ils avont rapporté toutes sortes d'histouères sus son compte. Ils l'ariont vue dans les goélettes aux pays chauds, dans les prisons, dans les hôtels des États, et jusque dans les cirques, t'as qu'à ouère, à forbir les cornes des aléphants. Non. C'est des racontars, tout ça.

Et la vieille Bidoche allongea la main dans le tas de cartes et en sortit une dame de cœur.

— A' s'en a été finir sus les Madeleines, la Mariaagélas. C'est pour ça que parsoune l'a pus jamais revue au pays.

Je dévalai lentement la butte des Bidoche, enfilant le Ruisseau-des-Pottes et la Rivière-à-Hache, jusqu'aux dunes et à la mer. Et je songeai aux prédictions de la cartomancienne : je verrais se réaliser mon souhait, un souhait pas comme les autres. Un souhait que la sorcière elle-même n'arrivait pas à saisir ni à déchiffrer.

…Mais j'allais l'aouère, c'est sûr et sartain, droite icitte, le long des côtes.

Je ne savais plus moi-même ce que j'avais souhaité, pendant que la Bidoche étalait mes cartes sur la table. Mais au fond de mon cœur, je me rappelle avoir rêvé, à ce moment-là, d'écrire un jour les belles aventures de cette Mariaagélas qui s'est battue si joyeusement avec la mer, les douaniers, les pêcheurs, les curés, les commères, et la vie, pendant la plus glorieuse et la plus tragique époque de l'histoire de mon pays.

Montréal, mai 1972

BIBLIOGRAPHIE

Œuvres d'Antonine Maillet

Pointe-aux-Coques, Montréal et Paris, Fides, coll. «Rêve et Vie», 1958, 127 p.; Montréal et Paris, Fides, coll. «Rêve et Vie», 1961, 127 p.; Montréal, Leméac, coll. «Roman acadien», n° 2, 1972, 174 p., suivi de *On a mangé la dune*, préface de Jean Royer; Verviers (Belgique), Marabout, 1980, 412 p. (v. p. 12-235).

On a mangé la dune, Montréal, Éditions Beauchemin, 1962, 182 p.; Montréal, Leméac, coll. «Les Classiques Leméac», n° 2, 1977, 186 p., précédé de *Pointe-aux-Coques*; Verviers (Belgique), Marabout, 1980, 412 p. (v. p. 237-412).

Les Crasseux, préface de Jacques Ferron, Montréal, Holt, Rinehart et Winston, coll. «Théâtre vivant», n° 5, 1968, 68 (1) p.; pièce en trois actes, présentation de Rita Scalabrini et Jacques Ferron, Montréal, Leméac, coll. «Répertoire acadien», n° 2, 1973, xxxiii-91(1) p.; nouvelle version revue et considérablement augmentée pour la scène, Montréal, Leméac, 1974, 118 p.

La Sagouine. Pièce pour une femme seule, Montréal, Leméac, coll. «Répertoire acadien», n° 1, 1971, 105(1)p.; nouvelle édition revue et considérablement augmentée, notes et hommages de Léonard Forest, Michel Têtu, Marcel Dubé, Alain Pontaut, Claudette Maillet, André Belleau, Martial Dassylva, Montréal, Leméac, coll. «Théâtre acadien», n° 4, 1973, 154 p.; Montréal, Leméac, coll. «Théâtre acadien», n° 4, 1974, 218 p.; Montréal, Leméac, coll. «Poche Québec», n° 8, 1986, 218 p.; Montréal, Bibliothèque québécoise, 1990, 200 p.; Montréal, Leméac, 1994; préface de Jacques Cellard, Paris, Bernard Grasset, 1976, 188 p.; traduit par Luis de Céspedes, Toronto, Simon & Pierre Publishing Company Limited, 1979, 183 p.; 2e éd., 1985. Disque London Deran XDEF 109-110, 1974, 2 microsillons 33 $^1/_3$ cm.

Rabelais et les traditions populaires en Acadie, Québec, Presses de l'Université Laval, coll. «Les Archives de folklore», n° 13, 1971, 201 p.

Don l'Orignal. Roman, Montréal, Leméac, coll. «Roman acadien», n° 1, 1972, 149 p.; préface de Jean Cléo Godin, Montréal, Leméac, coll. «Les Classiques Leméac», n° 3, 1977, 190 p.

The Tale of Don l'Orignal, traduit par Barbara Godard, Toronto/Vancouver, Clarke, Irwin and Company Limited, 1978, 107 p.

Par derrière chez mon père. Recueil de contes, illustrations de Rita Scalabrini, Montréal, Leméac, 1972, 91(1) p.; Montréal, Leméac, coll. «Poche Québec», n° 20, 1987, 191(1) p. Avec quatre contes inédits.

L'Acadie pour quasiment rien. Guide touristique, illustrations de Rita Scalabrini, Montréal, Leméac, 1973, 80 p.

Gapi et Sullivan, introduction d'Yves Dubé, Montréal, Leméac, coll. «Répertoire acadien», n° 3, 1973, 72 p.; introduction de Pierre Filion, Montréal, Leméac, coll. «Théâtre», n° 59, 1976, 108 p.

Gapi and Sullivan. A Play, traduit par Luis de Céspedes, Toronto, Simon & Pierre Publishing Company Limited, 1987, 85 p.

Mariaagélas, Montréal, Leméac, coll. «Roman acadien», n° 3, 1973, 236 p.; préface d'Yves Berger, Paris, Bernard Grasset, 1975, xii-236 p.; préface d'Yves Berger, Verviers (Belgique), Marabout, 1980, 250 p.; Paris, Bernard Grasset, 1981, xii-236 p.; illustré par Paul-Tex Lecor, Montréal, Éditions La Frégate, 1983, édition de luxe, emboîtage, $28 \times 37 \times 7$ cm, tirage limité à 125 exemplaires; Montréal, Bibliothèque québécoise, 2000, 264 p.

Mariaagelas. Maria, Daughter of Gelas, traduit par Ben Zion Shek, Toronto, Simon & Pierre Publishing Company Limited, 1986, 150 p. Adaptation, Théâtre du Rideau-Vert, le 16 mai 1974.

Évangéline Deusse, présentation d'Henri-Paul Jacques, Montréal, Leméac, coll. «Théâtre», n° 50, 1975, 109 p.

Evangeline the Second. A Play, traduit par Luis de Céspedes, introduction de Renate Usmiani, Toronto, Simon & Pierre Publishing Company Limited, 1987, 78 p.

Emmanuel à Joseph à Dâvit, Montréal, Leméac, coll. «Roman acadien», n° 4, 1975, 142(1) p.; Montréal, Leméac, coll. «Roman acadien», n° 4, 1977, 142(1) p., sous-titré *Une nativité en Acadie*.

Les Cordes-de-bois. Roman, Montréal, Leméac, coll. «Roman québécois», n° 23, 1977, 351 p.; Montréal, Bibliothèque québécoise, 1994, 300 p.; Paris, Bernard Grasset, 1977, 252(1) p.

La Veuve enragée, introduction de Jacques Ferron, Montréal, Leméac, coll. «Théâtre», n° 69, 1977, 177 p.

Le Bourgeois gentleman. Comédie inspirée de Molière, Montréal, Leméac, coll. «Théâtre», n° 78, 1978, 379 p.

Pélagie-la-Charrette. Roman, Montréal, Leméac, coll. «Roman québécois», n° 30, 1979, 351 p.; Montréal, Bibliothèque québécoise, 1990, 344 p.; Paris, Bernard Grasset, 1979, 314 p.

Pélagie-The Return to a Homeland, traduit par Philip Stratford, New York, Garden City et Toronto, Doubleday, 1982, 251 p.; Londres, John Calder Publishers, 1982, 251 p.; Toronto, General Publishers, 1983, 251 p. Aussi traduit en slovaque, en bulgare et en roumain.

Cent ans dans les bois, Montréal, Leméac, coll. «Roman québécois», n° 55, 1981, 358 p.

La Contrebandière, Montréal, Leméac, coll. «Théâtre», n° 95, 1981, 179 p.

Christophe Cartier de la Noisette dit Nounours, illustrations de Hans Troxler, Paris, Hachette et Montréal, Leméac, 1981, 105(5) p.; Montréal, Leméac, coll. «Zone 9/12», 1993, 145 p.

Christopher Cartier of Hazelnut Also Known as Bear, traduit par Wayne Grady, Toronto, Methuen, 1984, 76 p.

La Gribouille, Paris, Bernard Grasset, 1982, 276(1) p.; Paris, LGF, coll «Poche», n° 5919, 1984.

Les Drôlatiques [sic], *Horrifiques et Épouvantables Aventures de Panurge, ami de Pantagruel, d'après Rabelais*, Montréal, Leméac, coll. «Théâtre», n° 120, 1983, 138(1)p.

Crache à pic, Montréal, Leméac, coll. «Roman québécois», n° 76, 1984, 370 p.; Paris, Grasset, 1984, 370 p.

The Devil is Loose, traduit par Philip Stratford, Toronto, Lester & Orpen Dennys, coll. «The International Fiction List», n° 32, 1986, 310 p.; New York, Walker, 1987, 310 p.; Toronto, Totem Books, 1987, 310 p.

Garrochés en paradis, Montréal, Leméac, coll. «Théâtre», n° 154, 1986, 109 p.

Le Huitième Jour, Montréal, Leméac, coll. «Roman québécois», n° 100, 1986, 109 p.; Paris, Bernard Grasset, 1987, 292 p.

On the Eight Day, traduit par Wayne Grady, Toronto, Lester & Orpen Dennys, 1989.

Margot la folle, Montréal, Leméac, coll. «Théâtre», n° 166, 1987, 126 p.

Richard III, traduction de la pièce de William Shakespeare, Montréal, Leméac, 1989, 167 p.

L'Oursiade, Montréal, Leméac, coll. «Roman», 1990, 240 p.; Paris, Grasset, 1991, 220 p.

William S, Montréal, Leméac, coll. «Théâtre», 1991, 114 p.

Les confessions de Jeanne de Valois, Montréal, Leméac, coll.
«Roman», 1993, 344 p.

La nuit des rois, d'après l'œuvre de William Shakespeare, Montréal, Leméac, coll. «Théâtre», 1993, 137 p.

La foire de la Saint-Barthélemy, d'après l'œuvre de Ben Johnson, Montréal, Leméac, coll. «Théâtre», 1994, 110 p.

La Fontaine ou la comédie des animaux, Montréal, Leméac, 1995, 131 p.

Le Chemin Saint-Jacques, Montréal, Leméac, coll. «Roman», 1996, 370 p.

L'Île-aux-puces. Commérages, Montréal, Leméac, 1996, 223 p.

La tempête, d'après l'œuvre de William Shakespeare, Montréal, Leméac, coll. «Théâtre», 1997, 104 p.

Chronique d'une sorcière de vent, Montréal, Leméac, coll. «Roman», 1999, 288 p.

Disponibles dans Bibliothèque québécoise

Les Cordes-de-bois
Mariaagélas
Pélagie-la-Charrette
La Sagouine

Études (choix)

DE FINNEY, James, «*Mariaagélas* ou l'épopée impossible», *Revue de l'Université de Moncton*, mai 1975, p. 37-46.

DROLET, Bruno, *Entre dune et aboiteaux... un peuple. Étude critique des œuvres d'Antonine Maillet*, Montréal, Les Éditions Pleins Bords, 1975, 181 p. [v. p. 73-81].

HUDON, Jean-Guy, «*Mariaagélas*, roman d'Antonine Maillet», dans Maurice LEMIRE [directeur], *Dictionnaire des œuvres littéraires du Québec*, t. V: *1970-1975*, Montréal, Éditions Fides, 1984, p. 532-533 [biblio.].

Jean-Pierre April
Chocs baroques

Hubert Aquin
L'antiphonaire
Journal 1948-1971
Mélanges littéraires I.
    Profession : écrivain
Mélanges littéraires II.
    Comprendre dangereusement
Neige noire
Point de fuite
Prochain épisode
Récits et nouvelles.
    Tout est miroir
Trou de mémoire

Bernard Assiniwi
Faites votre vin vous-même

Philippe Aubert de Gaspé
Les anciens Canadiens

**Philippe Aubert
de Gaspé fils**
L'influence d'un livre

Noël Audet
Quand la voile faseille

François Barcelo
La tribu
Ville-Dieu

Honoré Beaugrand
La chasse-galerie

Arsène Bessette
Le débutant

Marie-Claire Blais
L'exilé *suivi de*
    Les voyageurs sacrés

Jean de Brébeuf
Écrits en Huronie

Jacques Brossard
Le métamorfaux

Nicole Brossard
À tout regard

Gaëtan Brulotte
Le surveillant

Arthur Buies
Anthologie

André Carpentier
L'aigle volera à travers le soleil
Rue Saint-Denis

Denys Chabot
L'Eldorado dans les glaces

Robert Charbonneau
La France et nous. Journal
    d'une querelle

Adrienne Choquette
Laure Clouet

Robert Choquette
Le sorcier d'Anticosti

Québec, Canada
2000